戸郷勇樹と五人の災難

序章　災難のきざし

まぶしい五月の光が差し込む窓際のデスクで、大河内省吾《おおこうちしょうご》は、本革のオフィスチェアにもたれて考えていた。

さて、誰に頼もうか……。

ここは、横浜市中区にある真新しいオフィスビルの七階、株式会社ＩＴＯ（アイ・ティー・オー）社のオフィスである。大河内は、ＩＴベンチャーであるこの会社の開発部長を務めている。年は五十五歳。最近髪が薄くなり、腹が出てきたが、本人はまだまだ若いものに負けるつもりはないようだ。

大河内は背筋を伸ばすと、腕組みをしてオフィスの中を見渡した。視線の先では、開発部に所属する五十人ほどの社員が、パーテーションで仕切られたデスクに座り、パソコンの画面と向き合っている。

ふと、大河内は、みんなが黙々とキーボードをたたく中、一人だけ外を眺めている男がいることに気付いた。寝ぐせではねた髪にちょっととぼけた顔は、お笑い芸人の誰かに似ている。その男は、首の後ろで両手を組み、パーテーションから顔だけ出して、ぼんやりと窓の外に目を向けていた。

確か、あいつはこのごろ採用された……えーっと……名前は……なんだっけ？

大河内は、デスクの上に置かれたパソコンのキーをたたいた。部長である大河内には、会社の人事情報にアクセスする権限が付与されている。社員名をスクロールするうちに、目当ての名前を見つけた。

――開発部　戸郷勇樹《とごうゆうき》

クリックすると、画面に戸郷の情報が表示された。

戸郷勇樹。三十六歳。住まいは相模原市の賃貸住宅。家族は妻と娘が一人。昨年の三月に神奈川県庁を退職し、その後はアルバイトで生計を立てていたようだが、一か月ほど前にこの会社に採用されている。

公務員でも務まらないのなら、厳しいＩＴベンチャーの社員なんか務まるわけがない。おそらく、すぐに辞めていくだろう。大河内は、これまでも、入社して半年と経たず辞めていった新入社員を何人も見ていた。

中小企業はどこも人手不足だ。特にIT系の会社は慢性的に人材が不足している。こうなると、プログラミングに関する十分な知識をもった学生や転職者を獲得することは難しい。いきおい、誰でもいいからとにかく採用して、社内で仕事を教え込むことが常態化している。

大河内が部長を務めるITO社も例外ではない。育て方は各社それぞれだろうが、ITO社の場合は、最初は期待を込めて開発部に配属するが、そこが無理だとわかれば次は営業部に回し、それでもだめなら、いろいろ難癖をつけて辞めていただくことにしている。

現在は、とりあえず適性を見極めるための試用期間だ。戸郷の場合、公務員時代に情報政策課という部署に所属していて簡単なプログラミングならできるということだったのだが、開発部のグループ長からは、やらせてみたらさっぱりだめだという報告を受けている。もうすぐ、営業部に配置転換になる予定だ。

大河内は、あらためて、その男――戸郷勇樹の顔を眺めた。見れば見るほど、あほ面をしている。眠気を必死にこらえているのだろう、とろんとした目は、つぶれかかったかと思うと、急に見開かれ、またつぶれかかったかと思うと、急に見開かれ、を繰り返している。その姿は、ぼく仕事ができませんと大河内に訴えかけているようだ。

戸郷は、両手を伸ばして大きなあくびをした。そのとき、何か気配を感じたのか、戸郷がこちらを向いた。その瞬間、大河内と目が合う。

戸郷はびっくりしたように大きく目を見開いた後、急に真面目な顔になってパソコンの画面に顔を向けた。

入社して日が浅く会社のことはあまりわかっていない。まぬけ顔で、頭が良さそうには見えない。もとは公務員だから、言われたことは素直にやるだろうが、それ以上のことは見て見ぬふりをしそうだ。通常の仕事を頼むのなら優先順位は最下位だが、今回の仕事に限っていえばうってつけだ。大河内は小さく一つうなずくと、戸郷を呼んだ。

「戸郷君！」

はじまれたように戸郷が立ち上がった。細い体を大河内に向けて自分の顔を指さす。

「僕ですか？」

当たり前だ。この会社に戸郷は一人しかいない。

「そうだ。ちょっとこっちに」

大河内は、オフィスの隅にあるパーテーションで仕切られた打ち合わせスペースに戸郷を誘った。布張りのアームチェアに座って待っていると、すぐに戸郷がタブレットとタッチペンを持ってやってきた。

「まあ、座って」

促されて戸郷が向かいの椅子に座った。目の前のテーブルにタブレットとペンを置くと、おどおどとした目で大河内の顔をのぞき込む。

無理もない。普段、戸郷に指示をするのは、グループ長の役目なのである。急に部長から呼ばれて、戸郷が不安にかられているであろうことは想像に難くない。

「戸郷君だったね」

「は……はい」戸郷が小さくうなずく。

「君に頼みたいことがあるんだけど」

「はあ、なんでしょうか？」

何を頼まれるかと心配しているのだろう、戸郷は膝の上で両手を組んだり離したりしている。

いい感じの反応だ。大河内は、戸郷を安心させるために、優しい声で言った。

「ちょっと福岡まで出張して、うちの会社のプレゼンをしてほしいんだ」

「え、いや、でも、僕はまだ誰かにプレゼンできるほどの実力は……」

戸郷は、もじもじしながら両手をこすり合わせている。

「なに心配はいらんよ」大河内は明るさを装った。「プレゼンっていっても難しいことじゃない。君は、ある会社の人と会って、わが社の資料を渡して簡単な説明をするだけでいいんだ。特にそこでやりとりをする必要はない。向こうが興味を持ってくれれば、あとはグループ長に対応してもらうから、君は心配しなくていいよ」

ほっとしたのだろう。戸郷の肩が少し落ちた。

「ああ、そういうことでしたら……。でも、僕なんかでいいんですか？」

「ふふ。まあこういっちゃなんだが、みんな忙しそうで、こんなことを頼める社員がいないんだ。その点、君は、窓の外を見ながらあくびをするくらいの余裕はありそうだからね」

大河内の皮肉に、戸郷の背中がピンと伸びた。

「いや、先ほどのあれは、あくびではなく、まあ、気分転換の一種といいましょうか、どれくらい口が開くのか、試しに広げてみたというか……」

「ははは」大河内は哄笑《こうしょう》した。「冗談だよ。正直いって、こんな仕事なら君で十分だし、君がわが社のことを勉強するいい機会にもなるしね」

「そういうことでしたら、お任せください」

戸郷が胸をどんとたたいた。強くたたきすぎたのか、とたんに、ごほごほと咳をする。

大河内は、戸郷を馬鹿にしているのだが、どうやら気づかなかったようだ。この鈍さはすばらしい。ますます、この仕事にうってつけだ。

「じゃあ、今から待ち合わせの日時と場所、それから君が会う相手の名前を言うからメモして」

「え？　今からですか。間違えたらまずいので、後で、メールで送ってもらうことはできませんか」

戸郷の気持ちはわかるが、メールを送ると跡が残る。何かあったときのために、できるだけ証拠は残したくない。

大河内は、表情を消して戸郷が持ってきたタブレットを指さした。

「じゃあ、それは何のためにあるの？」

大河内の言葉に、戸郷は目をぱちぱちと瞬かせた後で、きりりとした顔を作ってペンを握った。

「どうぞおっしゃってください」

戸郷が準備できたのを確認すると、大河内は息を吸い込んだ。与える情報は必要最小限にすることが大切だ。そうすれば、余計な詮索をされずに済む。

「日時は、来週の水曜日、五月二十四日の午前九時。場所は福岡市内にあるエンパイヤホテルのラウンジ『シーサイド』。相手はアナトリアトレーディング社のメリハン・エルデムさん」

急いでメモしていた戸郷だったが、大河内の言葉が終わるとタブレットから目を離して、困ったような顔を大河内に向けた。

「えーっと、日時と場所はわかりましたけど、相手方をもう一度お願いします」

「相手はアナトリアトレーディング社のメリハン・エルデムさん」

「アナ……メリ？」

「アナトリアトレーディング社のメリハン・エルデムさん」

すると、戸郷が片方の眉だけ上げた。

「アナなんとかが会社名で、メリなんとかが名前ですか？」

「そうそう。わかってるじゃない。ラウンジの一番奥、窓際の席にいるそうだから、君の方から声をかけてくれよ」

「あのー」戸郷が、うかがうような目で大河内を見た「ひょっとして相手は外国の人ですか」

「そうだよ。うちの会社がグローバル展開を進めているのは知ってるだろう?」

「それは、まあ。でも、僕、あまり英語が得意ではないんですけど……」

「じゃあ、この機会に英語で説明できるよう練習するんだね」大河内はさらりと言った。

「えー!」

目を丸くする戸郷を意地の悪い目で眺めながら大河内は席を立った。

「じゃ、よろしく。英語版の説明資料は、開発部の共用ファイルに入ってるから、それ使って」

「あ、あの……」戸郷がおずおずと立ち上がって大河内にすがるような目を向けた。

「正直に言いますと、僕、英語なんて全然できません」

その不安いっぱいの顔を見て、大河内はこの人選が間違いではなかったことを確信した。だって、英語もできないなんて、ますますこの仕事にうってつけじゃないか!

「戸郷君、がんばってね。それから、仕事が終わったら、すぐに僕のスマホに連絡するんだよ。わかったね」

そう言い捨てると、大河内は軽い足どりで自席に向かった。

よしよし、いい感じだ。それにしても、ちょうどいいやつが入社してきたものだ。これは、ついてる。小さく鼻歌を歌いながら、自分のデスクの横まで来たとき、突然、すねに激痛が走った。

「あいたたた」

あまりの痛さに大河内はその場にしゃがみ込んだ。何にぶつかったのかと周りを見ると、デスクの一番下の引き出しが少しだけ開いている。どうやら、その角にすねをぶつけたらしい。

なんだよー。せっかく、ついてると思ったのに……。

恨めし気な目で引き出しをにらみながら、大河内は、なんとなく嫌な予感がしたのである。

一　戸郷勇樹《とごうゆうき》の災難

1

五月二十三日、火曜日の夕方。戸郷勇樹は羽田発、福岡行きの飛行機に乗っていた。東京——福岡は、どの航空会社にとってもドル箱路線だ。戸郷が乗った便も満席だった。三人掛けの真ん中の席で、恰幅《かっぷく》のいい二人の紳士に挟まれ小さくなっていると、スーツの胸ポケットに入れていたスマートフォンが震えた。

戸郷は窮屈な体勢の中、なんとかスマートフォンを引っ張り出した。ラインでメッセージが届いている。同僚の薮田《やぶた》からだ。

——ママには連絡しといたから、楽しんできてね！

ふっ、と戸郷は苦笑いをうかべた。

＊

あの日――大河内から福岡への出張を言い渡された日、戸郷は、福岡までの旅費の請求方法を聞くために、庶務課に行った。

課長は不在のようだったが、白いブラウスに紺のベストという事務服姿の女性社員三名とスーツ姿の男性社員一人が、机についてパソコンに向かっている。戸郷は、その中の女子社員の一人――旅費を担当する安藤珠代《あんどうたまよ》の席の隣に立った。

安藤は戸郷より二つ下の三十四歳。庶務課では一番の古株だ。細い体に細い顔、細い目、細い鼻、細い唇、すべてが細い。細いフレームの眼鏡をかけ、後ろに細く束ねた髪を細い肩まで垂らしている。

「安藤さん」

戸郷が声をかけると、安藤はパソコンの画面に目を向けたまま、細い声で答えた。

「なんでしょうか」

「出張を命じられたんだけど、旅費の請求の仕方がわからなくて……」

すると、安藤がようやく顔を上げて戸郷の方を向いた。

「このあいだ教えてあげませんでした？」

不機嫌な顔である。もっとも、戸郷は、安藤が楽しそうに仕事をしている姿を見たことはない。

「いや、教わったけど、今回は、ほら、ちょっと遠くに行くから」

「遠くってどこですか？　北極ですか、南極ですか？」

安藤のこのユーモアのセンスは決して嫌いではない。ただ、今は、それに乗っかって話を広げるときでないことぐらいはわかる。

「いやもう少し近くて……」とそこまで言ったとき、いきなり後ろから両肩を揉まれた。

「戸郷ちゃーん」

気味の悪い声に振り返ると、どこからやってきたのか、開発部の同僚である藪田裕司《やぶたゆうじ》が満面の笑みを浮かべて立っている。糸のような細い目に肩まで伸ばした髪と、見た目も個性的だが、藪田の一番の特徴は、なんといってもそのしゃべり方だった。

「ちょっと聞こえちゃったんだけど、出張だってー？」

「あ、はい。ほんの今、大河内部長から命じられまして」

「はーん、よかったじゃん。毎日こんなとこにいると、息がつまっちゃうよねー」

戸郷はこれまで、このようなしゃべり方をする人種を見たことがない。最初、この軽薄なしゃべり方はＩＴベンチャー特有の文化なのかと思ったのだが、他の社員は普通のしゃべり方なので、このごろようやく、単に薮田が変わっているだけなのだとわかった。ついでに言うと、年齢は戸郷の方が薮田より二つほど上なのだが、それを知ったのが最近のことなので、なんとなく最初に会ったときの上下関係が固定化されている。

「で、どこに行くのー？」

「福岡です」

その瞬間、薮田の目がきらりと光った。

「福岡か。それはちょうどいいや。ちょっと頼まれてよー」

「仕事ですか？」

「仕事なんて頼まないよー。楽しい用事さ。中州にあるラウンジに行ってお酒を飲んできてほしいんだけど」

「え？　それが用事ですか？」

戸郷が首をかしげると、薮田が顔を近づけた。

「そうだよー。じつは、そのラウンジってうちの会社の行きつけなのよ。うちって結構福岡出張あるんだよー。福岡に行ったら、やっぱり、中州で博多の女の子と話がしたいじゃん。でも、どの店に入ったらいいかなんて、わかんないでしょ。だから、その店に、会社の名前でボトルが入ってるの。そうすると、出張に行くとき、みんなそこで安心して飲めるでしょ?」

「でも、翌日の朝から仕事があるんで、前日に中州なんかで飲んでるわけには……」

「大丈夫だってー」薮田が戸郷の肩をぱしっとたたいた。「福岡に出張に行ったら、必ずその店に寄らないといけないんだよ。これ、社長の命令なんだから。入社のときに言われなかった?」

戸郷が、顔をしかめてたたかれた肩をさすっていると、薮田が続けた。

「ほら、へんな店に行って問題起こされたりすると困るでしょ。だから、出張で福岡に行くやつは、みんなその店に寄るように言われてるのよ。ボトルは社長が入れてくれてるんで、セット料金だけで安く飲めるし、みんなで行けば店も喜んでくれるしね」

薮田の言うことはわかる。

そもそもＩＴＯ社には男性社員が多い。仕事柄、そうなるのかもしれないが、戸郷の所属する開発部は、ほとんどが男性だ。福岡に出張したら、夜は中州に行ってみたいと考える者も多いだろう。しかし、最初は、どの店に入ったらいいかわからないのが普通だ。その点、会社ぐるみで常連になっていれば、店側も大切に扱ってくれるし、ぼられる心配もない。確かによくできたシステムだ。

「薮田さんの頼みってそれだけなんですか」

「あー、もうちょっとだけあるんだけどさ。実は先月、俺、福岡出張のときに、その店に寄ったんだけど、そのとき、ママの誕生日が五月二十日だって聞いたんだー。で、ノリで何かプレゼントするって言っちゃったんだけど、どうしようかと思ってたの。だから、戸郷ちゃんが行って、ママに何かプレゼントしてきてよ。ついでに、俺のこともよろしく言っといてー」

それを聞いて戸郷は単純に驚いた。

「え？　僕がプレゼントするんですか？　薮田さんのプレゼントを渡すんじゃなくて」

「そうだよ。だって、プレゼント持っていってママに喜んでもらえるのは戸郷ちゃんだけじゃん。当然、戸郷ちゃんが持っていくべきでしょ」

薮田が、さも当然というような顔で言った。

「それはそうですけど……でも……」

「いいじゃん。プレゼント持っていったら、喜ばれて大切にしてもらえるよ。中州でかわいい女の子と楽しい時間が過ごせるんだから。プレゼント代くらい安いもんでしょ。ね？」

なんだか、騙されているような気がしないでもないが、反論するのも面倒になって戸郷は不承不承《ふしょうぶしょう》うなずいた。

「わかりました。何か買っていきます」

「さんきゅー！」薮田は小さく手をたたいた。「ママには、俺の代わりに戸郷ちゃんが誕生日のお祝いに行くって後で連絡しとくから、よろしくねー。あ、それから、プレゼントは俺から頼まれたって言っといて。そうすれば俺の顔も立つし一石二鳥じゃん」

訳のわからない論理で、薮田が話を締めくくった。

「仕事に行くんですか、遊びに行くんですか」

冷めた声に振り向くと、安藤があきれたような顔でこちらを見ている。

「はは、たぶん仕事……かな」

戸郷は頭を掻いた。

すると、薮田が安藤の方を向いた。

「安藤ちゃんにも、きっと、戸郷ちゃんがお土産を持って帰ってきてくれるさ」

「え？」思わず戸郷は声をあげた。

「なに驚いてるのさ」薮田が戸郷の肩をぽんとたたいた。「戸郷ちゃんに何か買ってきてってことじゃないよ。そこまで戸郷ちゃんに頼んじゃかわいそうだもん」

薮田がへらへらした態度で説明を始めた。

「大河内部長の命令で福岡に出張する連中は、なぜだかみんな、相手の会社から、大河内部長に渡してほしいって、博多通りもんをお土産にもらって帰ってくるんだよねー。それを、部長がいつも社員にわけてくれるわけ。あれおいしいから、みんな楽しみにしてるんだよ」

「じゃあ、安藤さんには、それを持って帰ればいいんですね」

戸郷は深く考えずにそう言ったが、どうやら地雷を踏んだようだ。

「中州のママには高いプレゼントを買ってあげるけど、私には、もらいものの博多通りもんで十分っていうことですか」

安藤はぷいと横を向いた。その目がまったく笑っていない。

まずい。これは本格的に怒らせたかもしれない。戸郷の背中を冷たい汗が流れおちた。

戸郷がおろおろしていると、薮田が空気を読むことなく、へらへら笑いながら追い打ちをかけた。

「なになに、なんか痴話げんかみたいだねー。戸郷ちゃん、安藤ちゃんにも何か買ってきてあげなよ。でないと、安藤ちゃんがかわいそうじゃん」

こいつ、ぜったい、いつか暗がりで後ろから蹴りを入れてやる。そのとき、戸郷は心に決めたのだった。

＊

戸郷の乗った飛行機は定刻の午後六時三十分に福岡空港に着陸した。

飛行機を降りて、ようやくサンドイッチの具から解放された戸郷は、大きく両肩を回した。

黒いビジネスリュック一つを背負い、手荷物受取エリアを通過して空港ロビーに出る。

空港に直結する地下鉄を使えば福岡空港から博多駅までは五分、市の中心部の天神まで行っても一一分という近さである。おそらく、世界中どこを探してもこれほどアクセスのよい空港はないだろう。戸郷は地下鉄の改札を通ってホームに向かうと、出発待ちの電車に乗り込んだ。

予約したホテルは、ＪＲ博多駅の近くにある。戸郷は最寄り駅の「博多」で地下鉄を降りた。腕時計を見ると、午後六時五十分。飛行機を降りてここまで二〇分しかかかっていない。

エスカレーターで博多駅のコンコースに上がる。通勤時間帯ということもあり、駅構内は大にぎわいだった。戸郷のようなサラリーマンや地元の大学生・高校生に交じって、大きなスーツケースを引く国内外の観光客の姿も目立つ。

戸郷は筑紫口《ちくし》から駅を出た。帰宅を急ぐ人たちが大挙して駅に向かってくる。戸郷は、そんな人の流れに逆らってホテルに向かった。

フロントでチェックインを済ませ階段で部屋に向かう。部屋は二階のシングルだ。低層階の方が安いし、地震などの不測の事態が起こったときにもすぐに逃げられる。戸郷は根っからの小心者なのである。

部屋に入った戸郷は、ビジネスリュックを背中から下ろして窓際のテーブルの上に置くと、とりあえずベッドに横になった。

さて、どうしようか……。

腕時計を確認すると、午後七時五分だった。

明日は朝から仕事が控えているので、あまり飲み過ぎるわけにはいかない。誕生日のプレゼントを買っていくのも面倒だし、薮田には悪いが、店の場所がわからなかったことにして、このままスルーしてしまおうか。

そんなことを考えていると、スーツの胸ポケットに入れていたスマートフォンが、ぶーん、ぶーんと震えた。取り出してみると、表示されている番号は、〇八〇−××××−××××。知らない番号だ。

戸郷は不審を覚えながら、電話に出た。

「もしもし」と戸郷が言った瞬間、受話器の向こうから甲高い女性の声が響いた。

「もしもーし、そちら戸郷さん？」

「はい。そうですが、あなたは……」

「はじめまして。絵梨《えり》でーす。薮田ちゃんから連絡もらったんよ。それで、戸郷ちゃんの番号も教えてもらったと。今どこにおるん？　もう博多に着いとうと？　うちの店のこと聞いとうやろ？」

　いきなり博多弁でまくしたてられて戸惑ったが、どうやら、薮田から紹介された店のママのようだ。

「ちょうど今ホテルに入ったことです」と戸郷は答えた。

「店は今から開けるけん、きっと来てね。待っとうよ」

「あ、はい。わかりました」

「そんなにかしこまらんでもいいとよ。もっとリラックスして」

「ああ……。それじゃあ、後で行くね」戸郷は素直に言いなおした。

「それでいいんよ」ここで、絵梨は甘えるような声になった。「そういえば薮田ちゃんが言いよったけどさー、誕生日のプレゼント持ってきてくれるんやろ」

　そう言われてしまえば、否定するわけにもいかない。

「まあ、一応そのつもりではいるけど……」

「そんなの気にせんでいいとよ。宝石とかブランドもののバッグとかじゃなくて、いいけんね」

　どうやら、何かもらう気は満々のようだ。

「わかった。じゃあ後で」

高いものをねだられる前にと、戸郷は早々に話を打ち切ることにした。

「戸郷ちゃん、待っとうよ。お花でもケーキでも、なんでもいいけんね。じゃ！」

しっかり希望を伝えて電話は切れた。

ふう、とため息をついて戸郷はスマートフォンを耳から離した。

どうやら、行かないという選択肢はないようだ。今から軽く食事をして行けば、絵梨の店に八時くらいには着けるだろう。それなら、明日の仕事にも差しさわりはないはずだ。

戸郷は、財布とスマートフォンだけをスーツのポケットに入れ、ホテルを出た。これが、災難の始まりとも知らずに。

2

福岡市中州。九州では最大、日本でも有数の歓楽街である。

中州大通りの両側には、居酒屋、ビストロ、焼き鳥、ラーメン、スナック、ラウンジ、バーなどの飲食店が並ぶ。大通りに交差する路地や並行して伸びる細い通りの両側も、歓楽街につきものの、ありとあらゆる店がごちゃごちゃと軒を連ねる。

そして、中州はやはり夜の街だ。昼間は人の少ない通りも、あたりが暗くなると、どこからともなく人が集まり、にぎやかさを増す。

そして、戸郷が中州大通りに足を踏み入れた午後八時すぎには、通りは人と車であふれていた。国籍、年齢、性別を問わない大勢の人たちが、歩道を行きかっている。

スマートフォンの地図を頼りに通りを左に曲がり、右に曲がり、縦横に伸びる路地の左右を探すこと一〇分、戸郷は、ようやく、絵梨のラウンジが入居する目当てのビルを見つけた。

年代物のエレベーターに乗り込むと、四階のボタンを押した。まだ居酒屋が繁盛する時間帯のせいか、エレベーターに乗っているのは戸郷一人だ。

右手に握った花束を確認する。ホテルを出た後、戸郷は、博多駅地下街のうどん屋で——並んでいない店がそこしかなかったのだ——ごぼう天うどんと生ビールの夕食をすませると、同じく地下街にあった花屋で、ママの誕生日のお祝いにブーケを買った。できるだけ安く上げようと三千円にけちったせいでブーケ自体は小さいが、ないよりはましだ。

ぐーんという乾いた音とともに、エレベーターは上昇し、四階でドアが開いた。

エレベーターホールの右側には薄暗い廊下が伸びており、その左右に店名を書いた小さな看板と分厚いドアが並んでいる。目当ての店は、廊下を進んだ先、三軒目の左側にあった。

——会員制ラウンジ　ハニートラップ

もう少しいい名前はなかったのだろうか？

戸郷は、店名を確かめると、木製の大きなドアを開けた。

「いらっしゃいませー」店の奥から女性の声がした。

戸郷は店内を見渡した。ドアを入ってすぐ左側にボックス席が二つと、正面に五〜六人が掛けられるカウンター席があるだけのこぢんまりとした店である。時間が早いせいか、客は誰もいない。ラウンジというよりは、スナックといったほうが適当だろう。

カウンターの向こうには、二人の女性が並んで立っていた。そのうち白いスーツの上下を着た年上の女性が、戸郷が右手に握っているブーケに目を向けた。歳は三十半ばぐらい。細面で目鼻立ちのくっきりとした顔立ちで、軽くカールした髪を背中まで垂らしている。いかにも夜の街にふさわしい女性だ。

「ひょっとして、戸郷ちゃん？」

甲高い声に聞き覚えがある。この女性がさっき電話をかけてきたこの店のママ――絵梨なのだろう。

戸郷はカウンターに近づくと、ブーケを差し出した。

「誕生日おめでとう」

「あら、そんなことしてくれんでもよかったとに。ごめんね、気を使わせて。でもうれしいわ。ありがとう」

さっきしっかり要求したにもかかわらず、絵梨はそんな言い方で、ブーケを受け取った。

「どうぞ、座って」

絵梨に促されて、戸郷はカウンターの一番隅に座った。

「ボトルは会社のでいい？」おしぼりを渡しながら絵梨が尋ねた。

戸郷がうなずくと、絵梨は隣に立っているもう一人の女性の方を向いた。

「奈々《なな》ちゃん。ＩＴＯさんのボトル出して」

奈々ちゃんと呼ばれた女性は二十歳くらい。ベージュ地に花柄をあしらったワンピースを身に着け、ストレートの黒髪を肩まで垂らしている。卵型の輪郭に小さめの唇とくっきりとした二重瞼《ふたえまぶた》。印象的なのはその瞳で、好奇心に満ち溢れたクルリとした黒目がこちらを見つめている。

「はーい」と返事をすると、その女性はカウンターの後ろにある棚を探って、半分ほど残ったマッカランのボトルを出してきた。

「水割りでいいですか?」透き通って心地よい声だ。

「じゃあそれで」

すぐに、水割りのグラスが戸郷の前にあるコースターの上に載せられた。

戸郷が、一口グラスに口をつけると、それを待っていたように、絵梨がカウンターの下から名刺を取り出して、戸郷に差し出した。

「ITO社の皆さんにはいつもお世話になっています。ママの絵梨です」

すぐに奈々ちゃんと呼ばれた女性も名刺を差し出す。

「奈々子です。これからよろしくお願いします」

戸郷が、二人の名刺を受け取ると、絵梨が上目遣いに戸郷の方を見た。

「名刺もらってもいい?」

「いいよ」

戸郷は、スーツの内ポケットから名刺入れを取り出して、自分の名刺を二人に渡した。

絵梨が、戸郷の名刺を見ながら口を開いた。

「戸郷ちゃん、開発部っていうことは、大河内さんのところ？」

「そう。大河内部長のこと、知ってるの？」

「大河内さんも、福岡出張のときには、この店に、よく来るとよ」

「ふーん、そうなんだ。でも、今日は藪田さんに頼まれてきたんだけどね。ママの誕生日をお祝いしてくれって」

「ふふ、藪田ちゃんから聞いてます。戸郷っていうのが行くから、もてなしてやってくれって」

「どうせ、さえないやつが行くとか言われたんじゃないの？」

「さて、どうでしょう」絵梨がくすっと笑った。

うーん。どうやら正解だったらしい。

「ビールいただいてもいいですか」

絵梨がにっこり笑って言った。もちろん、「戸郷の金で」ということだが、ラウンジでの頼みを拒絶するほど戸郷も野暮ではない。

「いいよ」

戸郷が返事をしたちょうどそのとき、ブーケを持って店の奥に引っ込んでいた奈々子が、透明な花瓶にブーケを挿して戻ってきた。

「きれいですね」

奈々子が花瓶をカウンターの上に置いた。

黄色とオレンジのガーベラを中心にカスミソウやスイートピーをあしらったブーケは、小さいが、確かにきれいでかわいかった。

「そりゃ、ママの誕生日だからね」戸郷は自慢げに言った。「ところで、ママはいくつになったの？」

「戸郷ちゃん、女性に歳やら聞いたらいかんよ」

そう言いながら、絵梨が、ビールの小瓶とグラスを二つ取り出した。どうやら奈々子の分も、ということのようだ。

絵梨が差し出したビールを受け取ると、戸郷は、絵梨と奈々子のグラスにビールを注いだ。

「誕生日おめでとう」

戸郷の発声で三人はグラスを合わせた。

絵梨はビールを一息で飲み干すと、戸郷にそっとグラスを差し出した。

「戸郷ちゃんは、こっちには何の仕事で来たと？」

「大河内部長の命令でさ、外資系の会社に、うちの社をプレゼンしに来たんだ」

戸郷は空になった絵梨のグラスにビールを注ぐ。

「仕事はもう終わったと？」

「いや、まだ。明日の九時に、海の見える高級ホテルのラウンジで、相手に資料を渡して説明するの」

「それだけなん？」

「いや、それだけじゃないよ。大河内部長にお土産を持って帰るっていう大事な仕事もあるんだよ」

「なんそれー。遊びに来たみたいなもんやん」絵梨が頬を膨らませた。

「ところが、そうでもないんだなー、これが」戸郷は肩をすくめた。

「なんで？」

「相手は外国人で日本語ができないみたいなんだ。だから説明は英語でやるの」

「へー、戸郷ちゃん、英語できるん？」絵梨が感心したような声をあげた。

「できるわけないじゃん。だから、この日のために一生懸命勉強したんだよ」

「ふーん……。でも、そのおかげで、この店にもこれたわけやん。大河内さん、あいかわらず、いい人やねー」

「そうかなー。なんか僕は、いじめられてるような気しかしないけど」

そう言って戸郷は水割りのグラスを口に含んだ。ふと見ると、奈々子のグラスが空になっている。

「奈々ちゃん、ビール注ごうか？」

「ありがとうございます」

奈々子がにっこりと笑った。その笑顔がかわいい。

戸郷が奈々子のグラスを満たしていると、絵梨が戸郷に声をかけた。

「こう見えて、奈々ちゃん現役の女子大生なんよ」

「へえ、奈々ちゃん大学生なの？」

戸郷の問いに、なぜだか絵梨の方が自慢げに答えた。

「そうよ。それも、K大学なんよ」

K大学といえば、九州では最難関の国立大学だったはずだ。

「へー、奈々ちゃん、頭いいんだね」

戸郷が感心すると、奈々子は恥ずかしそうに笑った。

「へへ、そんなことないです」

「奈々ちゃん、何学部？」

「工学部の三年です」

「リケジョなんだ。数学できるなんてすごいね。僕なんか全然だめ。XとかYとか出てくると、もう思考停止になっちゃうの」

「そうですか？　数学って、答えがちゃんとあるから、簡単じゃないですか」奈々子が、不思議そうに言った。

うーむ、この話はやめた方がよさそうだ。戸郷は話題を変えた。

「奈々ちゃん、サークルには入ってるの？」

「探偵クラブに所属してます。こう見えて、副部長なんですよ。あ、ちなみに『クラブ』は漢字です」

「探偵倶楽部？　そんなのがあるんだ」

「部員十人ぐらいの小さなサークルなんですけど、一般の方から依頼を受けて、事件を捜査するんです」

「へー、面白そうじゃない。これまでどんな事件を捜査したの？」

「そうですねー」奈々子はビールに少し口をつけると、唇を舌でぬぐった。

「この前は、大学の近くの方から、逃げたセキセイインコを探してほしいって頼まれました」

「へー。で、見つかったの？」

「はい」と奈々子は笑った。「農学部の友だちから、インコは群れで生活する習性があると聞いて、近くでインコを飼っているお宅を探して、迷子のチラシを配ったんです。そしたら、二日後に、迷いインコが飛んできたと連絡があって無事に保護されました」

「へー、それはなかなか」

褒めていいのかどうなのかわからずに、戸郷は適当に相づちを打った。事件は解決したが、その過程は捜査とはほど遠い。

「最近だと、猫の殺人未遂事件というのがありました」

「ほう、それは面白そうな事件だね」

猫とはいえ殺人事件――正確には殺猫事件なのだろうが――というのは聞き捨てならない。

戸郷はカウンターに両肘をついて体を乗り出した。すると、奈々子は少し口元を引き締めて話し始めた。

「これも、大学の近くの方からの依頼だったんですけど。飼っている猫が、最近、急に晩ご飯を食べなくなった。散歩の途中で誰かに毒を飲まされてるんじゃないかっていうんです」

「それは深刻な話だね。どうしたの？」

「まずは、その猫が毎日どういったコースで散歩しているのか調べました。そしたら、猫は毎日、同じコースを通っていて、途中にお寿司屋さんがあることがわかったんです」

戸郷はなんとなく話の落ちが見えてきた。案の定、奈々子は続けた。

「そのお寿司屋さんで聞いてみると、ちょっと前に猫が裏口でにゃーにゃー鳴くので、残り物をあげたら、毎日来るようになったらしいんです」

「はあ。寿司屋の残り物なら、猫にとっては豪華なランチだったろうね」

「きっとそうだったんでしょう。晩ご飯がいらないくらいですから」

「なるほど。なんか、ペット探偵みたいだね」

戸郷が素直な感想を伝えると、奈々子は少し考えるような顔になった。

「本当は、密室殺人事件とかダイヤ盗難事件なんかの捜査をするつもりで入部したんですけどね」

いや、さすがにそれは無理だろう。

「ミステリーが好きなの？」

「うーん」奈々子は小首をかしげて、細い顎に右手の親指をあてた。「ミステリーが好きというより、何かどきどきする体験がしたいんです。それで、このサークルに入ったら殺人事件なんかに巻き込まれるんじゃないかと思ったんですけど……うまくいきませんね」

それは、当たり前だ。これまでの会話だけでも、奈々子が変わった性格だということは戸郷にも理解できた。

大学生が中州のラウンジで働くというのは、よほどお金に困っているのだろうかと最初は思ったのだが、ひょっとすると、別の理由があるのかもしれない。戸郷は試しに聞いてみた。

「奈々ちゃん、なんで、こんな店で働いてるの？」

「こんな店で悪かったわね」絵梨が口をはさんだ。

それを聞いた奈々子が取り繕うように早口で言った。

「大学に行くのに、奨学金だけじゃ足りないですから、お金を稼がないといけないんです。それに、こういう仕事って、社会勉強にもなりますし」

「まあ、確かに社会勉強にはなるかも。いろんなお客さんが来るだろうしね。でも、それだけ？」

戸郷が水を向けると、奈々子は、いたずらっぽい笑みを浮かべた。

「へへ。実をいうと、大学に入ったばかりのころは、居酒屋とかコンビニとかでバイトしてたんですけど、だんだん普通のバイトじゃあきたらなくなって、こういう店なら何かどきどきするようなことが起きるんじゃないかと思って」

やはり、思ったとおりだ。これは間違いない。

「ひょっとすると奈々ちゃんは、『どきどき症候群』なのかもしれないね」

「なんですかそれ？」奈々子が首をかしげた。

「いつだってどきどきするようなことを探してるんでしょ？　だから」

「もう、やめてくださいよー」

カウンターの向こうから、奈々子が、抗議するように言った。

「ははは。冗談。冗談。それより。どう、何か面白いこと起こった？」

戸郷がきくと、絵梨が、口を開きかけた奈々子の答えを遮った。

「そんなの、起こるわけないやろ。奈々ちゃんも、なんでもしゃべったらだめよ」

「はーい」奈々子がペロッと小さく舌をだした。

店の責任者として、客に知られたくない事件の一つや二つはあるだろう。

その時、店のドアが開く音がした。

「いらっしゃーい」ママがカウンターから身を乗り出して声をかける。

団体の新しい客が来て、絵梨は奈々子を残してボックス席に移動した。

戸郷は、カウンターで水割りを飲みながら、奈々子から大学生活の話を聞いた。奈々子に二本目のビールをごちそうして飲ませていると、しだいに打ち解けてきて……。

「それで、うちのゼミの教授がなんかへんなことばっかり言うんですよー。知らんふりしとったら、単位やらんぞとか脅かしてくるんですー。これアカハラですよねー」

博多弁と敬語が交じりあって、なんだかかわいい。

「まあ、その教授の気持ちもわからなくもないね。きっと奈々ちゃんにかまってもらいたいんだよ」

「そうですかねー」奈々子がまんざらでもなさそうな顔でビールを口に運ぶ。

「奈々ちゃん、大学でも、もてるだろうね」

「そうでもないですけど、いろんな男子から、ライン交換しようって言われるので、面倒だからエックス始めちゃいました」

「エックス？　なんで？」

「ラインって、いちいち反応しなくちゃいけないじゃないですか。でもエックスなら、気の向いたときに今日はこんなことしてますみたいな感じでポストしておけばいいだけですから。でも、いつの間にか、フォロワーが千人を超えてるんです」

奈々子はさらりと言ったが、聞きようによってはすごい自慢だ。ただ、おそらく奈々子にそのつもりはなく、客観的な事実を淡々と述べているだけなのだろう。その証拠に、奈々子はさらに続けた。

「でも、このごろ、あたしが何か投稿するたびに、リプ欄が大喜利みたいになって、なんか鬱陶しいので、もうアカウント消そうかなと思ってるんです」

これも炎上しそうな内容だが、奈々子が口にすると不思議と嫌味がない。男子学生たち――おそらくフォロワーの大部分はそうに違いない――も、そんな奈々子のさっぱりとした性格を知っているからこそ、エックス上で盛り上がっているのだろう。

「いやー、さすがだねえ」戸郷は小さく首を振った。

「そういえば、戸郷さんの会社ってITベンチャーなんですよね」

奈々子がカウンターの向こうから戸郷に聞いた。

「そうだけど。どうして?」

「やっぱり社長さんって変わってるんですか？　なんか、面白いことなんか起こったりしません？」

「ITベンチャーっていっても、テレビに出てくるような派手な会社はめったにないよ。うちの社長も、服装はともかく堅実な経営方針だし、僕たちがやってる仕事も、わりと地味だしね」

「ふーん」奈々子は残念そうに言った。「やっぱり、そうなんでしょうね。どきどきする仕事なんてないですよね」

「奈々ちゃん、大学卒業したら何をするつもりなの？」

「先輩たちは、大手企業に就職するか、公務員になる人が多いんですけど、なんだか今はその気になれなくて」

「へー、どうして？」

「だって、そういう仕事って、安定した堅い仕事じゃないですか。でも、あたし、大学に入学してから、まだ、本当にどきどきすることにはめぐり合ってないんです。このまま堅い仕事についたら、もう一生どきどきできないじゃないですか。だから、どうしようかなと……」

　さすが、どきどき症候群だ。

「仕事はやっぱり堅い方がいいんじゃないかな」

「戸郷さん、うちのお父さんとおんなじこと言うんですね」奈々ちゃんが笑った。「せめて、学生の間に密室殺人事件にでも出くわしませんかね」

　うーん。そんなことを望んでいる女子大生は、日本に、いや世界に何人いるだろう。

「いつか、すごい事件にめぐり合えたらいいね。僕も応援するよ」

戸郷はとりあえずそう言っておいた。

絵梨がボックス席から戻ってきた。しばらく三人で楽しい会話を続けた後、もう一組、新しい客が団体で入ってきたのを機に、戸郷は席を立った。

おおよそ予想どおりの料金を支払うと、戸郷は店を出た。奈々子がエレベーターまで送ってくれる。

「また、来てくださいね。明日でもいいですよ」

閉まりかかったエレベーターのドアの向こうで、奈々子が手を振った。

楽しいひと時だった。絵梨も面白かったし、奈々子もかわいかった。戸郷は、満足してエレベーターを降りるとビルを出た。

締めにどこかでラーメンでも食べて帰ろうと、戸郷は再び中洲大通りに足を踏み入れた。午後十時を過ぎたこの時間は、酔っ払いがあちこちにたむろしているので、通りはさっきにも増して混雑している。

戸郷は、うるさい酔っ払いの群れを避けながら、ラーメン屋を探して歩き始めた。

しばらく歩いているうちに、なんとなく変な感じがした。

ゆっくり歩きながら、戸郷は違和感の正体を探った。スマホはある。財布もある。ホテルのカードキーもポケットの中に入っている。忘れ物じゃないとすれば……。

戸郷は歩道の真ん中で立ち止まると、間髪を入れず後ろを振り向いた。

酔客《すいきゃく》でにぎわう人波の先、十メートルほど後ろにいた二人が、戸郷が振り返るのと同時に立ち止まった。居酒屋の明かりに浮かび上がったその姿は、ショートカットの小柄な女性と、ラグビー選手のような大男だ。二人とも黒いスーツを着ている。どちらも年は三十歳前後というところか。

二人は一瞬びっくりしたような顔をした後で、急に背中を向けて戸郷から遠ざかっていった。

つけられていたのか……？

戸郷は首をひねった。二人とも見たことのない顔だ。気のせいだったのだろうか？どこかに向かっていたカップルが、道が違っていることに気付いて、Uターンしたという可能性もあるけど……。

なんとなく気味が悪くなった戸郷は、せっかくの本場豚骨ラーメンをあきらめ、早々にホテルに戻ったのである。

3

五月二十四日の朝、戸郷はホテル一階のビュッフェで軽い朝食を済ませると、白いワイシャツと濃紺のスーツ——かなりくたびれてはいるが——を身に着け、昨日と同じビジネスリュックを背負ってホテルを出た。

時刻は午前七時五十分。今日もいい天気だ。朝のまぶしい日差しがあたり一面に降り注いでいる。日本でノーネクタイが一般的になってくれたことは、汗かきの戸郷にはありがたかった。

相手方との待ち合わせ場所であるエンパイヤホテルは、シーサイドももち地区に建つ海沿いの巨大ホテルだ。福岡ソフトバンクホークスの本拠地である福岡ドームやショッピングセンターに隣接しているほか、福岡タワーやももち浜海浜公園も徒歩圏内で、近年は特に海外からの観光客でにぎわっているらしい。

エンパイヤホテルへのアクセスは、事前にホテルのホームページで確認してあった。それによると、博多駅前にある博多バスターミナルの六番乗り場から、行先番号三〇六番の福岡タワー行きに乗り、「エンパイヤホテル前」のバス停で下車すれば、ホテルは目の前ということだ。博多バスターミナルからエンパイヤホテル前までは所要時間二〇分ちょっと。八時過ぎのバスに乗れば、約束の時間である九時にはゆっくり間にあう計算だ。

戸郷は、ホテルをチェックアウトすると歩いて博多駅に向かった。朝の通勤時間帯のためか、あいかわらず人通りが多い。昨日のことがあるので、途中で何度か後ろを振り返ったが、昨日の二人組は、見当たらないようだ。

博多駅の構内を抜け、表玄関である博多口側から駅を出た。駅のすぐ右手にあるビルの一階から三階までが博多バスターミナルになっている。戸郷は、バス専用道路に設置された歩行者用信号が青になるのを待って横断歩道を渡った。

ターミナルの一階が市内を走るバスの乗り場で、左右に並んだどの乗り場にも、バスを待つ客の長い列ができている。戸郷が乗車する予定の六番乗り場にも、すでに長い列ができていた。通勤客らしいスーツ姿の男女に交じって、スーツケースを引いた外国人の姿も見える。

戸郷が、列の一番後ろに並んでバスを待っていると、スーツの胸ポケットに入れていたスマートフォンが、ぶーん、ぶーんと震えた。画面を見ると、〇八〇－××××－×

×××、知らない番号からの着信だ。いぶかしく思いながら戸郷は、スマートフォンを耳にあてた。

「もしもし」

するとと、受話器の向こうから、くぐもった女性の声が聞こえた。

「こちらは、福岡県警公安一課の大岩《おおいわ》です」

「は?」戸郷は、戸惑いの声をあげた。今、公安って言ったよね……。

「今から大切な話をしますから、電話を切らないでください。それから、話を聞いても、できるだけ顔色を変えないように、周りを見回さないようにお願いします。知り合いから電話がかかったような感じで応対してください。いいですね」

福岡県警を名乗る女性が最後は命令するように言った。声が聞き取りにくいのは、受話器に口を近づけて小声で話しているからだろう。戸郷としても、警察だと言われればとりあえず話を聞くしかない。

小さくうなずくと、大岩はいきなりこう言った。

「戸郷さん、あなたは尾行されています」

「え?」

「振り向かないで！」

その声に、周りを確認しようした戸郷は動きを止めた。大岩はどこかで自分のことを監視しているようだ。

「そのまま、黙って聞いてください。返事は『はい』か『いいえ』で。いいですね」

「はい」

「あなたは、今日、エンパイヤホテルで外資系企業の担当者と会う約束がありますよね」

「はい」

「その際、相手に渡すようにと、あなたの上司からUSBメモリかSDカードのようなものを預かっていませんか」

「はい」と戸郷は答えた。

確かに、昨日会社を出る直前に、戸郷は大河内からUSBメモリを託された。大河内が言うには、そのUSBメモリには、今日説明する資料のデータが入っているということで、説明が終わったら、それを忘れずに相手に渡すように命じられていた。

「そのUSBの中には、普通の人には気づかれないような特殊な方法で、あなたの会社が開発したソフトウェアが隠されています。それは、経済安全保障上、海外に流出させてはいけないものです。ここまではいいですか」

「は……はい」

すると、大岩が電話の向こうで、驚くべきことを言った。

「あなたが、今日会うことになっている外国人は、R国の人間です」

「えー！」つい、声が出た。

R国は、アジアにある小さな国だが、日本やアメリカなどの西側諸国と敵対関係にあり、隠れて核兵器を開発しているという噂もある。

「あなたは、そのことを聞いていましたか」

「いいえ」

当然ながら、戸郷は大河内からそんな話は聞いていない。今日会う相手は単に外資系企業の担当者だと教えられていた。

「そんな相手にＵＳＢのデータを渡してはいけません。それはわかりますね」

「はい」

「ただ、一つ問題があります。あなたがそのＵＳＢを渡さなかった場合に備えて、Ｒ国の工作員があなたを尾行しているということです」

「え？　そうなんですか」

ひょっとすると、昨日見たあの男女がR国の工作員なのだろうか。

「戸郷さんの安全を確保するため、尾行者を特定したいと思います」

「はい」

「戸郷さんには、この後、違う系統のバスで遠回りをしながらホテルに向かってもらいます。ホテルに向かって移動しているうちは、向こうも手を出さないと思いますから、その間に尾行者を特定して確保します」

「はい」

「ではこの後は、あなたのスマートフォンにショートメールを送ります。いいですね」

「はい」

返事の後で電話は切れた。ほどなく、スマートフォンに着信があった。見るとさっきの電話と同じ携帯番号からショートメールが届いている。

――バスターミナルを出て博多駅の方向に移動してください。移動するときに後ろを振り向かないように。

なんだか面倒なことに巻き込まれたなとは思ったが、とりあえず、今は、指示に従うしかない。戸郷は、バス待ちの列を離れた。

博多バスターミナルを出て、さっきの横断歩道を今度は駅の方に向かって渡る。その時、次のメールが来た。

――右の方に向かってください。道なりに行くと横断歩道があります。それを二つ渡ってください。

戸郷は、駅前の歩道を右に――駅と反対の方に向かって歩いた。やがて、歩道は左にカーブする。メールに書かれているとおり、その少し先に、駅前のロータリーにつながる道路を横切る横断歩道がある。戸郷は歩行者信号が青に変わるのを待って横断歩道を渡った。その先にも同じような横断歩道がある。ちょうど信号が青だったので、駆け足でそこも渡った。

そのまま歩道を進む。歩道の右側は、片側三車線の大通りで車やバスがひっきりなしに行き交っている。

戸郷が歩いている歩道の先に、小さな屋根のついたバス停が見えた。その屋根には「博多駅A乗り場」と表示されている。また、メールが届いた。

――そのまま、まっすぐ進むと博多駅B乗り場があります。そこでしばらく待ってください。

博多駅A乗り場のバス停の横を通り過ぎ、さらに二百メートルほど進むと、右側に、先ほどと同様、小さな屋根のついたバス停があった。こちらには「博多駅B乗り場」と表示されている。大勢の乗客がバス停の周りに群がっていた。

不思議なことに、乗客は並ぶこともせず、雑然としたままだ。その理由はすぐにわかった。

次々にバスが到着するのだが、その行先や系統番号がみんな違っているのだ。行先と系統番号を確認するためには、バスの前方と側面にある行先表示板が見える位置にいなければならず、このため、乗客全員が、バスの表示板が見えるよう、バス停の周辺に群がり、目当てのバスが来た時だけ乗車口に殺到するという図式だ。

戸郷は、最初は、バス停を取り巻く乗客の一番外側にいたのだが、バスが到着するたびに、前方の乗客が減るため、自然と前のほうに押し出される形となった。

また戸郷のスマートフォンが震えた。メールを確認する。

――次に来る福岡タワー行きのバスに乗ってください。すぐに降車できるよう席はできるだけ前方を選んでください。

バスが近づいてくる。行先は「福岡タワー」。もともと、戸郷が乗ろうとしていたバスと行先は同じだ。つまり、さっきのバスターミナルから出るバスと、この乗り場から出るバスとは、目的地は同じだが経路が違うということになるのだろう。

戸郷は腕時計を確認した。今の時刻は八時十七分。このバスに乗ったら、約束の時間までにエンパイヤホテルに着けるのだろうか？　そんな考えが一瞬頭をよぎった。

バスが停まって、乗降口が開いた。福岡のバスは、真ん中のドアから乗って前のドアから降りる方式で料金は後払いだ。今ではどこも交通系ＩＣカードが使えるのでこの方式でも特に不便はない。

このバス停が始発なのか、乗客は一人もいなかった。おかげで、戸郷は運転手のすぐ後ろ——一番前の席に座ることができた。

やがてバスが発車する。そのとき、またスマートフォンにメールが届く。

——私たちは、覆面パトカーでバスの後ろを走っています。次の指示があるまでそのままバスに乗っていてください。

バスは市内をゆっくり走る。戸郷にも、ようやく現在の状況を分析する余裕ができた。

戸郷は、さっきの福岡県警公安一課を名乗る大岩の話を思い返した。

大岩は、戸郷がこれからエンパイヤホテルで外資系の会社の担当者と会うことも、大河内からUSBメモリを渡されていたことも知っていたし、話にも筋が通っていた。大河内がR国に情報を売っているという話も、正直なところ違和感はない。そうなると、R国の工作員がUSBメモリを狙って戸郷を尾行しているというのも十分あり得る話だ。

ただ、腑に落ちない点もある。もし大岩が警察官なら、あんなにぺらぺらと捜査上の秘密を話すだろうか。むしろ、戸郷には何も伝えずに犯人を逮捕する――つまり、戸郷の身の安全より犯人逮捕を優先するのではないか。その方が、公安警察らしい気がする。

そんなことを考えていると、再びメールが届いた。

――次の「渡辺通り一丁目」でバスを降りてください。

「まもなく○△□※◇●&でーす」

きっと乗客に聞かせるつもりはないのだろう、投げやりな運転手のアナウンスの後で、バスが止まった。メールが届いていなければ、乗り過ごすところだ。

戸郷はメールの指示に従ってバスを降りた。主要なバス停なのか、多くの乗客がバスを降りる。戸郷は一番にバスを降り、降車する乗客を注意深く観察したが、昨夜見た二人組はいないようだ。

バス停に立っていると、またスマートフォンが震えた。

――しばらく、そのバス停周辺に待機してください。また連絡します。

どこから指示を送っているのかと、戸郷はあたりを見渡した。さすがに交通量の多い道路上に駐車している車はないが、周りにはコンビニエンスストアやコインパーキング、さらにどこかの会社の駐車場などもあり、あちこちに車が停まっているので、覆面パトカーがいたとしても特定できそうにない。

戸郷は、パトカーを探すのはあきらめ、バス停から少し離れたところに立って歩道を行き交う人々を観察した。今のところ、あやしげな人物は見当たらない。

まったく、今日はついてない……。戸郷は、もう一度、自分の身に起こっていることを頭の中で整理してみた。しかし、さっきバスの中で考えついた以上のことは思い浮かばない。とりあえず今の段階ではっきりわかっていることは、自分が何かのトラブルに巻き込まれているということだけだ。

戸郷は、それ以上考えるのをあきらめ、あたりを警戒しながら次の連絡を待った。

時間だけが過ぎていく。戸郷は、腕時計を確認した。時刻は八時四十分。バスを降りて、もう一五分近くが経過している。いらいらしながら待っていると、ようやくスマートフォンにメールが届いた。

――もうすぐ、一五番系統の福岡タワー行きのバスがきます。それに乗ってください。

ほどなく、福岡タワー行きのバスがやってきた。行先番号は一五番。これで間違いない。

戸郷は、指示どおりにバスに乗ると、空いていた一番前の席に座った。

バスは市街地の中を進む。通勤時間帯なので交通量も多いが、信号の数も多い。そのうえ、わざと赤信号にひっかかっているのではないかと疑うような運転で、バスはなかなか前に進まない。

とうとう約束の時間である九時になった。待ち合わせのホテルには今ごろ福岡県警の警察官が殺到しているのだろうか。今日戸郷が会う予定だった相手――メリハン・エルデムはどうなったのだろう。

そこまで考えて戸郷はあることに気づいた。

もし、メリハン・エルデムが警察に逮捕されたと知ったら、戸郷を尾行しているR国の工作員が、ＵＳＢメモリを狙って実力行使に及ぶ可能性がある。ひょっとしたら大岩は、尾行者を現行犯逮捕するために、戸郷が襲われるのを待っているのではないか。公安警察なら、それぐらいやりかねない。

冗談じゃない。人を囮《おとり》にするなど、もってのほかだ。ただ、さすがに工作員もバスの中で無茶なことはできないだろう。そうすると、バスを降りた時が危険だ。よほど気を付けておかなければならない。

そんなことを考えている間も、バスはゆっくりと進む。

それにしても……。戸郷はもう一度時計を確認した。時刻は九時十五分。さっきから次の指示が届かない。このバスに乗るよう指示が来たのは、もう三〇分も前だ。

バスに揺られている間に、エンパイヤホテルではなにが起きているのか。自分は、このあと、どうしたらいいのか。我慢できなくなった戸郷は、こちらから聞いてみることにした。

――この後、どうしたらいいですか？

大岩からのショートメールに返信する。

しかし、返事が来ない。

バスは大通りを左に曲がった。車内前方の電光掲示板にはこの後停車するバス停が表示されている。それによると、三つ先のバス停が、エンパイヤホテル前だ。

戸郷はもう一度ショートメールを送った。

――もうすぐエンパイヤホテル前に着きます。どうしたらいいですか？

今度は、返事が来た。

――そのままバスに乗って、終点の福岡タワーまで行ってください。尾行者は確保しましたが、念のため、バスを降りたら、連絡があるまで安全な場所で待機してください。

おいおい、この期におよんで放置かよ……。戸郷はため息をついた。

4

戸郷を乗せたバスは、福岡ドームの前を通り過ぎ、さらにエンパイヤホテルの前を通って、ほどなく終点の福岡タワーに到着した。

戸郷がバスを降りると、目の前に地元テレビ局の建物がある。一階は、コーヒーショップや土産物店が入る商業施設になっているようだ。案内板によると、この建物を抜けたところに福岡タワーがあるらしい。

何はなくとも、まずは自分の身の安全が第一だ。戸郷は、とりあえず福岡タワーに行くことにした。そこなら、人がたくさんいるだろう。

建物の一階を抜けて外に出ると、突然右側に高い塔が現れた。これが福岡タワーなのだろう。タワーといっても、東京タワーのような形ではなく、見た目はガラス張りの細長い高層ビルだ。

タワーの前は、ちょっとした広場になっていて、大勢の観光客がタワーをバックにスマートフォンで写真を撮っている。

戸郷は、ビジネスリュックを背負ったまま、広場の端に置いてあるベンチの一つに座った。ここなら、誰かが近づいてくればすぐにわかる。

戸郷は、もう一度、大岩にメールを送った。

——福岡タワー前のベンチにいます。

送信ボタンをタップして、小さくため息をついた。時刻は九時三十分過ぎ。エンパイヤホテルでの約束の時間はとっくに過ぎている。大河内は今ごろ何をしているだろうか。自分からの連絡をいらいらしながら待っているのではないか。

広場には、入れ替わり立ち替わり観光客がやってくる。日本人は少ないようで、英語に中国語や韓国語、戸郷が知らない言語も飛び交う。

さすがに、これだけ人がいる場所で襲われることはないだろう。戸郷は肩の力を抜いた。スマートフォンをいじりながら、次の連絡が来るのを待つことにする。

しばらくして、スマートフォンがぶーん、ぶーんと震えた。大岩から連絡がきたのかと思ったら、大河内の番号だった。

電話にでようか、どうしようか迷ったが、結局無視することにした。今は大河内と何を話していいのかわからない。戸郷は、震えるスマートフォンをスーツのポケットに戻した。

そのとき、広場の向こうの道路に設置されている歩行者信号が青に変わった。信号待ちをしていた大勢の観光客が道路を渡ってくる。戸郷は、その中に、見覚えのある顔を見つけた。それは、昨夜、中洲大通りで見かけた、黒いスーツに身を包んだ小柄な女性と大男の二人組だった。今度は戸郷と目が合っても逃げようとはしない。足早に戸郷の方に近づいてくる。

これはまずいかもしれない。女性はともかく、大男に襲われるのはごめんだ。戸郷は、ベンチを立つと、小走りに福岡タワーの方に向かった。二人組が慌てたように駆け出すのが目の端に映る。

あの二人は間違いなく自分を狙っている。戸郷は本格的に駆け始めた。タワーの横を抜けると、道路を挟んで階段がある。戸郷は、その階段を一息に駆け上がった。

階段の上は展望台になっていて、ももち浜の海岸の向こうに博多湾が見える。振り向くと、ラグビー選手のような大男が道路を渡ってこちらに向かって駆けてくる。小柄な女性の姿は、今は見えない。

戸郷は、展望台の先にある砂浜に続く階段を駆け下りた。左右は松林で、松林と砂浜との間に幅二メートルほどの遊歩道が整備されている。その遊歩道を左に五十メートルほどダッシュし、松林の中に駆け込んだ。これで、追いかけてきた大男は、戸郷が階段を下りた後、左右どちらに逃げたのか、わからないはずだ。

松林の中に立つ大きな木の陰に隠れて階段の方をうかがった。

ほどなく、さっきの大男が展望台から階段を下りてきた。戸郷のことを探しているのだろう。遊歩道で、きょろきょろとあたりを見まわしている。

大男は右と左、どちらに行こうか迷っているようだったが、結局、戸郷がいる方とは反対の方向に駆けていった。

残念でしたー。戸郷がペロッと舌を出した時である。

「あのー」と後ろから声をかけられた。

戸郷が振りむくと、そこには黒いスーツの上下を着た小柄な女性が立っている。近くで見ると、チョコレート色のショートヘアーで、アーモンドのような瞳とルージュを引いた少し厚めの唇が案外かわいい……とかいっている場合ではない。

戸郷が逃げ出そうとすると、その女性が腕をとった。

「逃げないでください。あやしいものではありません。公安調査庁の者です」

「公安……？」

立ち止って振り返る戸郷の目の前に、女性は小さな手帳のようなものを突き出した。茶色い革製の表紙には、五三の桐の模様とその下に「公安調査官」の文字が金の箔《はく》押しで表示してある。

女性はその手帳を開いた。そこには、紛れもなく目の前にいる女性と同じ顔がホログラム印刷され、その下に証票番号や名前そして一番下には公安調査庁長官の官職印が押してあった。

「公安調査官の高野《たかの》みずほです」

女性は、身分証に書かれている名前を名乗った。

それを聞いた戸郷は目をぱちぱちさせた。

「連絡をくれたのは、あなたの仲間ですか」

「仲間？　誰か公安調査官を名乗る者から連絡があったんですか」

高野みずほが身を乗り出した。

「博多駅のバスターミナルで大岩という女性から電話をもらって、その指示に従ってここまで来たんです。福岡県警公安一課だって言ってたんですけど、それは、高野さんの仲間では……ない？」

「警察と公安調査庁は別の組織です。それに大岩という女性も知りません」高野はきっぱりと言った。「それより、戸郷さん、今日、外資系企業の誰かと会う約束はありませんでしたか」

高野は、大岩と同じようなことを聞いた。

「はい」

「そのとき、相手に渡すようにと、何か預かっていませんか」

「ＵＳＢメモリを預かっていますけど」

「やっぱり……。その外資系企業の名前は、アナトリアトレーディング社ですよね」

「そうです。よくご存じで」

戸郷の返事にかぶせるように、高野が切羽詰まった口調で聞いた。

「相手と会う約束の時間と場所を教えてください」

「九時に、エンパイヤホテルのラウンジです」

それを聞いた高野は自分の腕時計を確認した後、厳しい表情になって、肩にかけた黒いバッグの中からスマートフォンを取り出した。

「ちょっとだけ、ここで待っていてください」

高野はスマートフォンを耳にあてながら松林の奥に歩いて行く。「すぐに、エンパイヤホテルのラウンジに……」高野が誰かに指示する声が聞こえた。

やがて話を終えた高野が戸郷のところに戻ってきた。

「戸郷さん、少しだけお話しをお伺いしたいのですが、お時間いただけませんか」

「いいですけど、ついでに、いったい何がどうなっているのか教えてもらえるとありがたいんですが。だって、高野さん、昨日僕のことをつけてましたよね。どうしてなんですか」

「それも含めてお話しします。どこか落ち着いたところで座ってお話ししましょう」

現在のこの状況を説明してもらえるのなら、願ったり叶ったりだ。戸郷は、松林を出ると、高野の後ろについて、さっき大男が走っていった方向に遊歩道を進んだ。

百メートルほど先の砂浜に、飛行機の翼をかたどった大きな屋根を持つ休憩所がある。その前できょろきょろとあたりを見まわしていた大男が、戸郷たちを見つけて、大きく手をふった。

スポーツ刈りでごつごつした顔をした大男がこちらに近づいて来る。

「戸郷さん、彼は富樫直哉《とがしなおや》。私の同僚です」

高野に紹介されて、ラガーマンのような男——富樫が小さく頭を下げた。

「統括、例の件は……？」

富樫が問いかけるような目を高野に向けた。

「うん。約束は、九時にエンパイヤホテルのラウンジだったみたい。一応、九州調査局のみんなには、そっちに急行してもらうようにしたけど、約束の時間をずいぶん過ぎてるから、たぶん、もういないと思う」

「いったい何がどうなってるんですか」

我慢できずに戸郷がきくと、高野が戸郷の方を向いた。

「状況は、今から詳しく説明します」

高野は遊歩道沿いのベンチに戸郷を誘った。

戸郷を挟んで両側に高野と富樫が座る。つまり、逃げても無駄だということだ。

まず、高野は、富樫に名刺を出すよう指示すると、自分の名刺と合わせて戸郷に差し出した。

それによると、二人とも関東公安調査局調査第二部に所属する公安調査官だが、高野の方には統括調査官の肩書がついている。つまり、高野は富樫の上司ということなのだろう。見た目は三十歳そこそこだが、それなりにいい年なのかもしれない。

「戸郷さん、さっき福岡県警から電話があったとおっしゃっていましたが、まず、その電話について話してもらえませんか」

戸郷は、高野たち二人に、博多バスターミナルで福岡県警公安一課の大岩から電話をもらい、ここまで誘導された経緯を話してきかせた。

話を聞き終わった高野は少しの間、何ごとか考えているようだったが、やがて言葉を選ぶように話し始めた。

「その大岩さんの言ったことは、だいたい私たちの調査結果と合致しています。ただ、お話を伺う限り、その大岩という人物は警察官ではないのかもしれません」

「え？　でも、そちらの調査結果とだいたい合致してるんでしょう？　どうして警察官じゃないとわかるんですか」

「順を追ってお話ししましょう。まず、戸郷さんには、私たちが所属する公安調査庁について知っていただく必要があります。公安調査庁は法務省の一機関で、破壊活動防止法や団体規制法に基づいて、わが国の公共の安全の確保を図ることを任務としています。経済安全保障に関する情勢のほか、サイバー攻撃や国際テロ、北朝鮮・中国・ロシア等の周辺諸国を始めとする諸外国の情勢、国内諸団体の動向などの情報を収集・分析し、政府関係機関に提供するのが仕事です。私たちはその地方部局、関東公安調査局に所属しています。そして私の担当は経済安全保障――つまり、日本の高度な技術情報が海外、特に非友好国に流出するのを防ぐことです」

高野は、戸郷に真剣な目を向けた。

「現在、世界各国は、自国の優位性を確保するために、高度な技術やデータなどの獲得に向けて激しい競争を繰り広げています。こうした国際競争の中では、他国に工作員を送り込んで企業や大学から技術やデータを盗み出そうする国がでてきます。わが国でも、他国の工作員によって高度技術などが盗み出される事案が実際に発生しているのです」

高野の話が熱を帯びてきた。

「もし、わが国から技術やデータなどが流出した場合、日本が国際競争力を失う事態にもなりかねません。それだけでなく、流出した技術が例えば大量破壊兵器の研究・開発に転用されるおそれもあるんです。私たちは、日本のためだけでなく、世界の平和を守るためにも、わが国の技術やデータが国外に流出するのを防がなければならないのです」

高野は、一気に話をするとアーモンドの形をした瞳を見開いて戸郷をまっすぐ見つめた。少し頬を上気させている。

高野がいかにわが国の経済安全保障に危機感を抱き、どれだけ公安調査庁の仕事に誇りを持っているのか、その思いは戸郷にも伝わった。だが、今、大切なのは、そこではない。

「あのー、経済安全保障の重要性はわかりましたけど、結局、今回の事件はどういうことなんでしょうか」

戸郷は話を引き戻した。

「あ、ごめんなさい。つい、興奮してしまって」高野は、急に我に返ったようで、耳たぶまで真っ赤にして、胸の前で小刻みに両手を振った。「そうでした。今回の事件を説明しないといけないですよね」

高野は、再び真剣な顔つきになると、落ち着いた口調で話し始めた。

「一年前、うちの局に匿名で通報がありました。それは、アロン・イバネズという外国人が、どこかの国の工作員かもしれないというものでした」

「アロン……？　何者なんですか」

「東京と福岡に営業所を置く外資系の会社――アナトリアトレーディング社でエグゼクティブディレクターを務めている男です」

「アナトリアトレーディング社……」戸郷は思わず口に出した。

「そうです。今日、戸郷さんが会う予定だった会社です」

高野は一つうなずくと、話を続けた。

「それで、私たちは、一年前から内偵を進めてきました。これまでの調査の結果、通報者が言うように、アロンは、日本の技術情報を盗み出すために他国から送り込まれた情報工作員である可能性が極めて高いということがわかりました。でも、アロンは用心深くて、まだ決定的な証拠をつかむには至っていません。ところが、最近になって、新しい情報が寄せられました。それは、戸郷さんが勤めている会社――ＩＴＯ社の開発部長である大河内という人物が、部下を福岡に送ってアナトリアトレーディング社と何かの取引をしているかもしれないというものです」

「なるほど」と、戸郷はつぶやいた。

それにしても、一年前から内偵を進めているのにまだ証拠をつかめていないというのは、アロンという男がよほど用心深いのか、それとも、公安調査庁の調査能力に問題があるのだろうか。

そんな戸郷の思いが伝わったのか、高野が言い訳をするように言った。

「他国の情報工作員というのは、日本の社会に溶け込んでいるので、尻尾《しっぽ》をつかむのは容易なことではありません。それに、私たち公安調査庁は、警察と違って、人員も少ないし、権限も限られています。なかなか、調査も難しいんです」

「はあ、そういうものですか」

戸郷が首をひねると、高野は小鼻を膨らませた。

「だって、手足を縛られて泳ぐようなものですから。警察のようにはいきません」

ついむきになってしまったのが恥ずかしかったのか、高野は照れ隠しをするように一つ咳払いをして、話を続けた。

「それで、ＩＴＯ社について調べてみると、誰もが簡単に半導体を設計できる画期的なシステムの開発を進めていることがわかりました」

「それってそんなに凄いものなんですか？」

「あたりまえです」高野があきれたような顔をした。「世界中で爆発的に増加するデータをＡＩで処理するためには膨大なエネルギーが必要になります。現在の技術で省エネ対策がなされないとした場合、二〇三〇年には現在の総電力の倍近い電力をＩＴ関連機器だけで消費し、二〇五〇年にはそれが約二〇〇倍になると予想されているんです。それを防ぐためには、現在主流となっているあらゆるタスクをこなせる汎用チップを、無駄な回路をそぎ落とした専用チップに置き換えていかなければなりません。だって、汎用チップを専用チップに置き換えるだけで、エネルギー効率を一〇倍以上高めることができるんですから。そして、ＩＴＯ社が開発しているシステムを使えば、これまで一部の専門家しかできなかった半導体チップの設計を誰でも簡単に行うことができるようになるんです。まさに世界のエネルギー危機を救うことができる画期的な技術なんですよ」

「はあ。それはすごいですね」

戸郷は、自分の会社が何を開発しているのかよく知らなかったのだが、思った以上に重要な技術を開発していたようだ。

高野は話をもとに戻した。

「そういうわけで、それ以降は大河内部長もマークしていたんですけど、今回、大河内部長の命令で、戸郷さんが福岡に出張するという情報をつかみました。それで、また福岡で何か違法な取引が行われるのではないかと思って、九州公安調査局と協力して、昨日から戸郷さんを尾行していたんです」

なるほど、そういう理由で、昨夜、この二人は中洲大通りにいたわけだ。

またもや戸郷の思い伝わったのか、高野が口を開いた。

「私たちの普段の仕事は、情報の収集や分析なので、警察と違って尾行にはあまり慣れていません。それに、私たち、福岡の地理にも詳しくないし」

そう言い訳をした後で、高野は続けた。

「私たちは戸郷さんに顔を見られてしまったかもしれないので、今朝からは、九州公安調査局に戸郷さんを尾行してもらいました。私と富樫は、レンタカーを借りて、九州公安調査局に連絡をもらいながら、離れたところから戸郷さんを追跡していたんです」

今日も尾行されていたとは、高野に言われるまでまったく気づかなかった。やはり、そこは公安調査庁なのだろう。そんなことを考えている間も高野の話は続く。

「九州公安調査局からの連絡では、戸郷さんは、バスの乗り場を変えたり、途中下車してあたりをうかがったりと、尾行がついていないか確認している様子だということでした。それで、ひょっとしたら、大河内部長と戸郷さんは共犯なのではないかと疑っていたんです。ところが……」

高野はここで小さくため息をついた。

「福岡タワーまで来て、戸郷さんの動きが止まった、しかも、広場のベンチに座ってぼんやりとスマートフォンを見ていると連絡を受けて、これはおかしいと思いました」

ぼんやりは余計だ。

「それで、思い切って戸郷さんに接触することにしたんです。戸郷さんのお話を聞いて、やっと、謎が解けました」

「じゃあ、やはり福岡県警の大岩さんが言ったとおり、大河内部長がうちの会社の情報を、そのアナトリアトレーディング社に売ろうとしていたということですか」

「その可能性は高いと思います。今回は、情報の運び屋として戸郷さんが利用されたのだと私たちは考えています」

「大岩さんの言うことは正しかったんですね？」

「まあ、そうなんですけど……。ただ、一つだけ、戸郷さんが福岡県警の大岩という女性から聞いた話と、私たちの調査とで違っているところがあります。そのことを考えると、やはり、大岩さんは警察官ではないのではないかと思われるんです」

「違いってなんです？　そんなに重大な違いなんですか」

するると、高野は戸郷の目をまっすぐ見つめた。

「私たちの調査では、アロンはR国の工作員ではなく、K国の工作員のはずなんです」

「は？」戸郷はぽかんと口を開けた。K国はヨーロッパとアジアの境にある国だ。R国と同様に西側諸国と敵対しているが、両国に特別なつながりはない。

「アナトリアトレーディング社はK国の資本が入った企業ですし、アロンの国籍もK国です。ですから、アロンがR国のために働くというのは極めて不自然です。もちろん、その福岡県警の大岩さんが間違えた可能性もありますが、通常は、そんな大切なことを間違えるなんて考えられません」

「つまり、僕は大岩っていう女性に騙されたってことですか？　でもどうして？」

「それなんですよね。どうして、戸郷さんをあんなに引っ張りまわしたりしたのか……」

高野がこめかみに人差し指をあてた。

話が途切れたのを機に、戸郷はさっきから疑問に思っていたことをぶつけてみた。

「でも、なぜ、もっと早く僕に教えてくれなかったんですか。尾行なんかせずに、昨日のうちに、このことを教えてくれたら、こんな面倒なことしなくてもよかったのに」

すると、高野は急に歯切れの悪い口調になった。

「えっーっと、それは、あれです。ほら、その時点では戸郷さんも共犯だっていう可能性もあったし、いろいろあるじゃないですか」

戸郷は納得できずに首をかしげた。

その時、高野のバックから、ぶーん、ぶーんとスマートフォンの着信音が響いた。

「あ、ごめんなさい」

高野はほっとしたような顔をしてスマートフォンを取り出した。着信を見て、「少し待ってください」と告げ、一人で砂浜の方に歩いてゆく。

高野がいなくなると、富樫と二人きりだ。なんとなく気まずくなって、とりあえず思いついたことを聞いてみた。

「今回の富樫さんたちの捜査を、福岡県警は知っているんですか」

「知るわけないっすよ」富樫が、びっくりしたような顔を戸郷に向けた。「公安調査庁と警察の公安部って仕事が丸かぶりなんで、めちゃ仲悪いんす。特に警察の方は、逮捕権のないわれわれ公安調査庁を馬鹿にしてるんで、情報も絶対渡さないし……。だからこっちも、今回の捜査について、警察には何も言ってないっす」

「でも、どこかで協力しないといけないでしょう?」

「いずれは警察にも情報提供するつもりです。でもそれは、こっちが、取引の証拠を押さえてアロンを告発できる準備が整ったときっすね」

「だから僕を泳がせたということですか。取引現場を押さえるために」

戸郷の指摘に、富樫が「あっ」というような顔をした。すぐに視線をそらして海の方を向く。どうやら図星だったらしい。どうりで、さっき高野が言いよどんだはずだ。うーむ、それにしても、この日本の縦割り行政はなんとかならんのか。

そのとき高野が戻ってきた。少し声が弾んでいる。

「戸郷さん、すみません。私は、すぐに、エンパイヤホテルに行かなければなりません。アロンらしき人物を目撃したホテルスタッフがいるみたいなんです。それで……」

高野はうかがうような目で戸郷を見た。

「戸郷さんが持っているUSBメモリを私に預けていただけませんか」

「USBって、大河内部長から渡されたやつですか」

「はい。それを持っていると、戸郷さんに危険が及ぶ可能性がありますから」

戸郷は考えた。高野の言うことはもっともらしく聞こえる。しかし、すべて本当のことを話しているのだろうか。何か隠していることがあるのかもしれないし、もしかすると、高野と富樫こそどこかの国のスパイで、戸郷の持つUSBメモリを狙っている可能性だってある。それに、これが一番大きな理由なのだが、戸郷にはUSBメモリを渡すことができないわけがあった。

「すみませんが、今はUSBを渡すことはできません」

戸郷の返事が意外だったのだろう。高野が眉間にしわを寄せた。

「どうしてですか。そんなものを持っていたら、危険な目に遭うかもしれませんよ」

「でも、渡せないものは、渡せないんです」

戸郷の返事を聞いて、高野が不服そうな顔で頬を膨らませた。

「ここまで正直にお話ししたんですから、少しは私たちに協力してもらってもいいんじゃないですか」

これが高野の本音なのだろう。なんだか理由を説明するのが面倒になって、戸郷は黙り込んだ。

高野は次の言葉を探しているようだったが、横から富樫がせかすように言った。

「統括、早くホテルに行かなくていいんですか。アロンが逃げちゃいますよ」

高野はようやく今の状況を思い出したようだった。それでも、未練がましく戸郷の背負ったビジネスバッグを見ながら言った。

「向こうでの確認が終わったらすぐに戻ってきます。それまで、ここにいてください。いいですね」

戸郷はしかたなくうなずいた。

「念のために、戸郷さんの携帯番号を教えてください」

「えーっと、〇八〇-××××-××××です」

高野は、スマートフォンに戸郷の番号を入力しているようだ。やがて高野が顔を上げた。

「先ほどお渡しした名刺に携帯番号が書いてありますから、何かあれば、すぐに連絡してください」高野は富樫の方を向いた。「行くよ、富樫」

「あれ？　富樫さんも一緒に行くんですね」

戸郷は少し驚いた。てっきり、自分を監視するために富樫は残していくと思っていたからだ。

すると、富樫が戸郷の耳元に顔を近づけた。

「統括は車の免許を持っていないので、自分がいないと動きが取れないんすよ」

「早く！」

一足先に駆け出していた高野が、遊歩道の向こうから富樫を呼んだ。

「はい。統括、すぐ行きます」

富樫は、戸郷に向かって小さく肩をすくめてみせると、急いで高野を追いかけていった。

5

「やれやれ……」浜辺のベンチに一人残された戸郷は小さく頭を振った。

状況はある程度わかったものの、まだ、戸郷に電話をかけてきた大岩の正体もわからないし、エンパイヤホテルで会うはずだった取引相手がどうなったのかもわからない。

とにかく高野が戻ってくるのを待って、現在の状況を把握しないことには何もできない。

戸郷はベンチに座ったまま、スマートフォンを取り出した。着信履歴を確認すると、大河内から、かれこれ十回は電話がかかっているようだ。そのとき、戸郷のスマートフォンが再び、ぶーん、ぶーんと震えた。また、大河内からだ。

一度は無視しようと思ったが、大河内と話をすれば、少しは現在の状況がわかるかもしれないと思いなおした。それに、電話で話すだけなら、自分に危害が及ぶこともない。

少し躊躇《ちゅうちょ》した後で、思い切って電話に出た。そのとたん――。

「ばかやろー！　なんで出ないいんだ」

受話器の向こうから大河内の怒鳴り声が聞こえた。戸郷は、スマートフォンを少し耳から遠ざける。

「はは、いろいろあって、電話が取れなかったんです」

「なぜ、俺に連絡してこないんだ。プレゼンが終わったらすぐに連絡するようにと言ってただろう」

「ですから、こちらにもいろいろと事情が……」

「さっき、先方から苦情の電話があったぞ。どうして、俺が預けたUSBを渡さなかったんだ」

「はあ、今朝から思いもよらないことがいろいろ起きて……」

戸郷の返事が終わらないうちに、電話の向こうで大河内が大声をあげた。

「えーい、言い訳は聞きたくない。とにかく、すぐにあのUSBを渡せ」

「ですが、僕は、今、待ち合わせのホテルとは違う場所にいますから、すぐにというわけには……」

戸郷の歯切れの悪い返事にいらついたのか、大河内の声が一段と大きくなった。

「うるさい、うるさい、うるさい！　先方は、USBの中身がぜんぜん違うとたいへんご立腹だ。いったい、何をやってるんだ。今すぐ、俺が預けたＵＳＢを先方にお持ちしろ！」

大河内の命令に、戸郷はスマートフォンを耳に当てたまま少し首をかしげた。

「え？　中身が違うって、なんの中身が違うんですか？」

「何とぼけたこと言っている。おまえがさっき先方に渡したＵＳＢだよ」

「渡した？　僕がですか？」

「そうだよ。おまえ、先方にＵＳＢを渡して、お土産をもらっただろう？」

「あのー、まことに申し上げにくいんですけど、僕、会ってませんけど」

「なに？　会ってない？」

電話口から大河内の戸惑ったような声が聞こえた。

「はい。いろいろあって、約束の時間にホテルのラウンジに行けなかったんですよ。だから、アナトリアトレーディング社の人とは会ってないんです。もちろん、ＵＳＢも渡してないですし、お土産ももらってません」

しばしの沈黙があって、受話器の向こうで大河内がおそるおそるといった声で聞いた。

「おまえ、本当に、会ってないのか」

た。

「はい。会ってません」

戸郷はきっぱりと答えた。

再び沈黙。戸郷は、電話口で大河内があれこれ考えているのが手に取るようにわかった。

「わかった。また電話する」

困惑したような声を最後に、電話は切れた。

もっとも、困惑しているのは戸郷も同じだった。大河内の話が本当なら、誰かが戸郷の名前をかたって、アナトリアトレーディング社と接触し、偽物のＵＳＢメモリを渡して、お土産をもらったことになる。いったい誰が……。

戸郷がそんなことを考えていると、再びスマートフォンが、ぶーん、ぶーんと震えた。

また、大河内からだ。

「もしもし」

戸郷の返事にかぶせるように大河内の切羽詰《せっぱつ》まった声が受話器の向こうから響いた。

「おまえ、どこにいる?」

「えーっと、福岡タワーの近くです」戸郷は思わず答えた。

「タワーのどのへんだ？」

さすがに、これ以上自分の居場所を特定されるのはまずいような気がした。戸郷が黙っていると、大河内の大声が響いた。

「どこにいる、と聞いてるんだ。答えろ！」

なおも戸郷が答えずにいると、突然電話が切れた。

まずい。つい、福岡タワーの近くにいると大河内に教えてしまった。

もしも大河内が技術情報をＫ国の誰かに売っていたとすると、偽物のＵＳＢメモリを渡された相手方が怒っているであろうことは想像に難くない。

さっき大河内は、ＵＳＢメモリを相手に渡せと言っていた。そのあとすぐに戸郷の居場所を尋ねる電話がかかってきたということは、ひょっとすると、これはＫ国の工作員か誰かがＵＳＢメモリを狙って、ここに現れるかもしれないってことか？　そうなると、この場所は危険だ。

戸郷はベンチから立ち上がり、砂浜に沿って整備された遊歩道を速足で歩き始めた。

さて、どこに行こうかと思った時である。戸郷は、突然、両腕を強くつかまれた。

左右を確認すると、左側にいるのは、ブルゾンを着て頬に傷のあるチンピラ風の若者。

右側にいるのは、黒のスーツ姿で銀縁の眼鏡をかけた四十代の男。それだけ聞けば銀行員のようだが、鋭い目つきを見れば、銀行員に間違われる心配はない。

つまり、いかにもその筋の方と思われる二人に左右からそれぞれ腕をからめとられているのだ。

「おまえ、戸郷だな?」

戸郷の耳元で、黒スーツの低い声が響いた。

「いえ。僕はそういうものではありません。はは、人違いですよ」

だが、黒スーツは戸郷の渾身《こんしん》の演技にも騙されなかったようだ。

「いや、おまえが戸郷だ。こんな海辺に、スーツ着てビジネスバッグかついでくるやつなんかいねえ。それに、そのまぬけそうな面。間違いない。ちょっと座って話をしようか」

二人の男に引きずられるように、戸郷は遊歩道に置いてあるベンチ――さっき座っていたベンチの三つ先――に座った。

服装だけ銀行員風の黒スーツが口を開いた。

「あの女とは、どんな知り合いだ?」

「女？　ああ、高野さんですか」

「あの女は高野っていう名前なのか。おまえの女か」

「いえ、違います。さっき会ったばかりで……」

するとと黒スーツの表情が一変した。

「おまえ嘘ついてると、ためにならんぞ」

「いえ、嘘なんかついてませんよ、本当なんです。あ、そうか、最初に会ったのは、正確には昨日です。信じてくださいよー」

戸郷は精一杯まじめな顔を作ってそう言った。

黒スーツは少しの間、戸郷をにらんだ後で、表情をやわらげた。

「まあ、いい。その女を探して、この近くにいたから、ちょうどよかった。おまえも、ついてるな」

いや、僕はついてません。ついているのは、あなたがたのほうですよ、とは思ったが、もちろん口には出せない。ついでに、戸郷は、さっき黒スーツが言った女は、高野のことではないのかな？　とも思ったが、今はそれを尋ねるときでないことぐらいはわかる。

結局、無言になった。

戸郷が黙っていると、その黒スーツは再び口を開いた。

「渡してもらおうか」

「渡すって……なにをですか」

戸郷が聞くと、黒スーツが、いらだちを隠せない様子で戸郷の腕を強く握った。

「とぼけても無駄だ。ＵＳＢを持ってるだろう」

やはり、この二人も今回の経済安全保障に関する事件の関係者らしい。

今は両腕を取られて身動きができない。エンパイヤホテルに向かった高野や富樫がすぐに戻ってくるとも思えないし、さてどうしようかと考えていると、突然、黒スーツが言った。

「おまえ、奥さんと小さい娘さんがいるらしいな」

「え？　なんでそれを？」戸郷は目を丸くした。

「こっちはおまえの住所もわかってるから、俺たちの言うとおりにした方が身のためだ」

「やめてくださいよー。家族は関係ないじゃないですか」戸郷がすがるような目を黒スーツに向けた。

黒スーツは、そんな戸郷の態度に満足したようでにやりと笑った。

「おまえが言うことを聞けばいいのさ。預かったＵＳＢを渡せ。そして、俺たちのことは誰にも言うな。簡単なことだ」

徹底的に今日はついてない……。戸郷はごくりとつばを飲み込むと、おずおずと口を開いた。

「あー、それが……渡したいのはやまやまなんですが、実をいうと、そうできない事情がありまして」

「事情だと？　なんだそれは」

「はは、一言でいいますと、今、持ってない……」

最後の方は小さな声になった。

「ん？　何て言った？」

黒スーツが眉を吊り上げた。

「ＵＳＢ、持ってないんですけど……」

「はあ？」黒スーツが、斜め下から戸郷をにらんだ。「嘘つくんじゃない！」

「本当に持ってないんです。ホテルに忘れてきちゃって」

戸郷は思わず顔の前で両手を振ろうとしたが、残念ながら両腕はやくざに抑えられていたので、体を揺らすだけになった。

「それなら、一回、俺たちの車まで戻って、その背中のバッグの中と服のポケットを検査させてもらおうか」

「そんなことしなくても、本当に持ってないんですよ。すぐ相手に渡せるように、今朝、ホテルで荷物をまとめるとき、資料とUSBをクリアファイルに入れて、窓際のテーブルの上に置いてたんです。でも、そのまま忘れてチェックアウトしたみたいで」

黒スーツは疑わしそうな目で戸郷を見ている。

「本当なんですって。きっと掃除のときに見つかってフロントに届いているでしょうから、今からホテルに戻って、取ってきます。ですから、ちょっとだけ待っててください。逃げたりしませんから。だって、家内と娘を人質にとられてるんですよ。逃げたりできるはずないじゃないですか。お願いしますよー」

戸郷は、うるうるとした瞳で黒スーツを見つめた。

黒スーツはしばらく考えているようだったが、やがて口を開いた。

「どこのホテルだ?」

「博多駅の近くにあるオリエンタルホテルです。嘘じゃないですってー」

「もし、嘘だったら、おまえとおまえの家族全員、地獄に送る。もし俺たちが捕まっても、組織の誰かが絶対に復讐する。わかってるだろうな」

「もちろんわかってますよ。そのかわり、USBを渡したら、もう僕たち家族のことは放っておいてくれるんでしょうね」

「心配するな。そのUSBが手に入ったら、おまえたちに手は出すさない」

黒スーツはそう言ったが、戸郷は信用してはいなかった。おそらくこの二人は、誰か――おそらくはK国のアロン――の命令で動いている。もしも、雇い主から別の指示があれば、平気で戸郷との約束など破るだろう。しかし、とりあえず、今は身の安全が第一だ。

「じゃあ、今から取ってきますね」

戸郷が立ち上がろうとすると、黒スーツが腕に力を込めて引き留めた。

「俺たちも一緒に行く。オリエンタルホテルまで送ってやろう」

「いや、タクシーで行きますから。それは……」

するると、黒スーツがふふんと笑った。

「おまえを一人にして変なことされても困るからな」

「大丈夫ですって、信じてくださいよー」

そんな戸郷の懇願にもかかわらず、やくざ風の二人は戸郷の両腕をつかんだままだ。これでは身動きがとれない。助けを求めようにも、浜辺に人は少なく、しかも外国人ばかりのようだ。まずい。絶体絶命とはこのことなのか……。

そのとき、突然天使のような声が聞こえた。

「あれ？　戸郷さん？」

声のした方を見ると、遊歩道の向こうに、昨晩ラウンジにいた奈々子が立っている。今日は、昨日と打って変わって、胸ポケットのついた紺色のシャツに、白いパンツ、靴はスニーカーで、コットン地のバッグを斜め掛けにした大学生らしい格好だ。

突然声をかけられて、やくざ風の男の顔に、一瞬、戸惑いの色が浮かんだ。

とにかく、今は、やくざと離れることが肝心だ。戸郷は、思い切って奈々子に声をかけた。

「やあ、奈々ちゃん、こんなところで会うなんて、これってやっぱり運命かな」

「そんなところで何してるんですか」

不審そうな顔をした奈々子がゆっくり近づいてくる。

「いや、何でもない。今、ちょうど話が終わったところ」

「勝手なこと言うな」

チンピラが戸郷の首に手を回そうとしたが、それを黒スーツが止めた。

「やめろ！」

奈々子がこちらに近づくのを見て、二人組のやくざが戸郷の腕から手を放した。

戸郷だけなら家族をネタに脅すことができるが、その方法は奈々子には通用しない。このままだと、事情を知らない奈々子が警察に通報するかもしれないと黒スーツは考えたのだろう。

ようやくこれで動きがとれる。戸郷が腕を振っていると、黒スーツが、戸郷に体を密着させて顔を寄せた。そして、鋭い目で戸郷をにらみつけながら、早口で言った。

「俺たちは、先にホテルに行って待っている。すぐに来い。わかってるだろうが、奥さんと娘が可愛かったら、変なことはするな。おまえの名前も住所も全部わかってるからな。もし警察に通報したら、必ず落とし前はつけさせてもらう」

「もちろんわかってますよ。はい」戸郷は何度もうなずいた。

それを見たやくざ風の二人はベンチを立って離れていった。

入れ替わりに奈々子が、戸郷に近づいてきた。

「今の人たち、誰なんですか」

「あー、あの人たちねー……」

戸郷は、奈々子にどこまで話していいものか迷った。

奈々子を厄介ごとに巻き込みたくはないが、警察に通報するわけにはいかないし、知り合いのいない福岡で味方になってくれそうなのは、今のところ目の前にいる奈々子しかいない。

困ったときは誰かに頼る。それが戸郷の人生訓だ。それに、奈々子は、どきどき症候群だし、きっと喜んでくれるに違いない。

考えた末、戸郷は奈々子に助けを求めることにした。

「僕、どうやら経済安全保障上の重大事件に巻き込まれたみたいなんだ。少し話が長くなるけど、聞いてくれる？」

二　春日奈々子《かすがななこ》の災難

1

春日奈々子《かすがななこ》の通うK大学は、福岡市の西のはずれにある。もとは市街地にあったのだが、五年ほど前に、山と田んぼが広がる現在の場所に移転したのだ。つまり、地価の安い田舎に大学を作って、それから周りの開発を始めるという都市計画だ。

かくして、人間より、タヌキやイノシシの方が多く住んでいた福岡市西区元岡地区に、二万人近い学生と、五千人を超える教職員を抱える巨大大学が誕生したのである。

大学の最寄り駅はK大学研都市駅。駅から大学まではバスで一〇分ほどかかるのだが、その間、車窓には、田んぼや畑、そして牛舎といったのどかな風景が広がる。実家に帰省していた学生が久しぶりに大学に戻ってきたとき、牛糞のにおいをかぐと、ああ、K大学に戻ってきたと実感するという話もあるくらいだ。

奈々子は、田舎は好きだが、住むのは嫌いだ。それにはもちろん理由がある。

奈々子の実家は熊本県の山の中にある。近くには、スターバックスもマクドナルドも何もない。それどころか、コンビニエンスストアに行くのに車で三〇分はかかる場所だ。

アパートを探すにあたり、奈々子が、住む場所を、大学の近くではなく、福岡市の中心部にしようと考えたのは当然の成り行きだった。

奈々子が選んだのは、K大学研都市駅から電車で一五分ほどの福岡市早良《さわら》区《く》西新《にしじん》だ。

この地域は、キリスト教系の私立大学のほか、進学高として有名な公立、私立の高校や中学が集まる文教地区である。当然、若者が多く、チェーン店のカフェやハンバーガーショップはもちろん、カラオケ、ネットカフェ、居酒屋、安売りスーパーなど、若者が必要とする店はすべてそろっている。しかも、最寄りのコンビニエンスストアまでは奈々子の住まいから歩いて二分の近さ。まさに奈々子にとって夢のような場所だった。

そして、もう一つの決め手は、海が近いことだった。奈々子の住んでいるアパートから一五分ほど歩くと、ももち浜の海岸に出る。山の中で育った奈々子の大きな楽しみの一つが海辺を散歩することなのだ。

奈々子は、天気の良い日はたびたび――もちろん講義の有無にかかわらず――一人でももち浜まで散歩に出かける。海風にあたりながら寄せては返す波を眺めていると、日ごろのいろんな悩みも、なんだかたわいもないものに思えてくるのだ。

今日も、奈々子は、いい天気に誘われ、海辺を散歩しようと、ももち浜にやってきた。そして、海岸沿いの遊歩道で、偶然、戸郷に遭遇したのである。

普通なら、街でお客さんを見かけても知らないふりをするのだが、戸郷が人相の悪い二人組に絡まれているようだったので、思わず声をかけたのだった。

幸い、戸郷はやくざ風の男たちから解放されたが、その後、奈々子は、松林の中の小道――遊歩道は目立つと戸郷が言うので、この小道を奈々子が教えたのだ――を歩きながら、戸郷から思いがけない話を聞かされることになった。

砂浜を右に見ながら松林の中を五百メートルほど歩いていくと、福岡市内を流れる室見川《むろみがわ》に突き当たる。小道はそこで終わるが、舗装された遊歩道が川の上流に向かって続いている。左に曲がって、今度は室見川沿いの遊歩道を三百メートルほど歩いたところで、ようやく戸郷の話は終わった。

話を聞き終わった奈々子は、思わず戸郷に尋ねた。

「戸郷さん、それって本当の話なんですよね？」

「こんなこと、嘘言ってもしょうがないじゃない」戸郷が口をとがらせた。

「そんなことが……あるんですねー」

奈々子は小さく首を振った。今日戸郷の身に降りかかった出来事を奈々子なりに表現するとすれば、よくもまあ、そこまで次から次に、ということになる。

「でも、そんな大事なことを私なんかに話してよかったんですか。それより、早く警察かその公安調査庁の人に相談した方が……」

奈々子が心配してそう言うと、戸郷は食い気味に反論した。

「だめだよ。そんなことしたら、うちの奥さんと娘の命が危ないでしょう？　それに、なにがどうなってるのかも、よくわかんないし」

その後、戸郷は懇願するような顔を奈々子に向けた。

「奈々ちゃん、頭いいんだよね。それに探偵倶楽部の副部長なんでしょう？　僕、どうしたらいいと思う？」

奈々子は、思わず不思議な生き物を見るような目で戸郷を眺めた。

こんな人の命にかかわるような、しかも他国の工作員も巻き込んだ経済安全保障上の重大事件を、昨日会ったばかりの——それも中州のラウンジで——大学生に相談するなんて、この人はいったい何を考えているのだろう。

するると、何を勘違いしたのか戸郷が急に頭をごしごしと掻いた。

「いやー、そんなにきらきらした瞳で見つめられると照れるなー。奈々ちゃん、昨日、どきどきするような体験がしてみたいって言ってたから、相談してみたんだ。そんなに感謝してもらわなくてもいいけどね」

戸郷のとぼけた顔を見て、奈々子は一つだけ理解した。この戸郷という人は、能天気な人だ。奈々子は、「能天気」という言葉は死語ではなかったんだと、妙なところで納得した。

それはともかく、このまま戸郷を放っておくわけにはいかない。それは、戸郷が母性本能をくすぐるようなタイプだからではない。それは、ぜんぜん違う。このときの奈々子の気持ちを一言で表せば、「きたー!」ということになる。

待ち望んでいた、どきどきするようなことが向こうからやってきたのだ。

技術情報を狙う他国の工作員、それを阻止しようとする公安調査庁、そして、戸郷になりすました謎の人物。こんな事件に巻き込まれるなんて、一生に一度あるかないかだ。頼まれなくても、首を突っ込みたいところなのに、渦中の戸郷の方から頼ってくれるなんて、やはり日ごろの行いがよかったのだろう。

奈々子は思わず顔がほころびそうになるのをこらえて、ことさらいかめしい顔をつくった。

「戸郷さんがそこまで言うのなら、どうしたらいいのか私も一緒に考えてみましょうか」

「ありがとう。頼むよ」

戸郷が奈々子に向かって手を合わせた。

「まず、今日の出来事をおさらいして、わかっていることを整理してみましょう」

奈々子たちが歩いている川沿いの遊歩道にも、ところどころにベンチが置いてある。奈々子は、遊歩道に沿って植えられた木々が淡い影を落とすベンチの一つに戸郷と並んで座った。

このベンチからなら、遊歩道の両側が見渡せる。不審な人物が近づいてくればすぐにわかるだろう。それに、背中側には、福岡都市高速道路の橋脚が立ち並んでいる。高架下に人が立ち入らないよう金網が張ってあるので、後ろを気にする必要もない。

そのとき、どこかで事故でも起きたのか、都市高速道路から救急車やパトカーのサイレンの音が立て続けに響いた。サイレンの音が小さくなるのを待っていると、今度は戸郷の胸ポケットに入っているスマートフォンがぶーん、ぶーんと震えた。戸郷はスマートフォンを取り出して、何かを確認しているようだったが、すぐにスマートフォンをポケットに戻した。

「さっきから、何度も着信があるみたいですけど、出なくていいんですか？」

「ああ、これね」

戸郷は、スマートフォンを取り出すと、何度か画面をタップして、奈々子の方に向けた。

それは、ショートメールの画面だった。

――高野です。至急連絡をください。

「例の公安調査官から。電話に出なかったらメールが来るし、それに返信しなかったら電話がかかって、もう無限ループ状態」

戸郷が口を「へ」の字に曲げた。

ようやく都市高速道路のサイレンの音がとまった。これで話ができる。

いよいよ推理の時間だ。奈々子はうきうきしながら戸郷の方を向いた。

「じゃあ、今、わかっていることを整理してみますね」

戸郷がまじめな顔をしてうなずく。

奈々子は、戸郷の理解が追いつくように、ゆっくりとした口調で話し始めた。

「まず、大河内さんは、以前からアナトリアトレーディング社のアロンという人に情報を渡して金をもらっていた。きっと、大河内さんがことづけたＵＳＢメモリの中に情報が入っていて、大河内さんへのお土産の中に謝礼のお金が入っていたんだと思います。今回は、その取引に戸郷さんが利用されたんでしょうね。というのも、こう考えると、戸郷さんになりすました犯人の目的がわかるんです」

「え？　そうなの？」

「はい。おそらく犯人は、大河内さんのやっていることに気づいて、お土産の中に入っている金を横取りすることを計画した。福岡県警の公安一課を名乗った大岩という女性は偽物だと思います。彼女が戸郷さんを足止めしている間に、共犯者が戸郷さんの代わりにエンパイヤホテルに現れ、偽物のＵＳＢを渡し、お土産を騙し取ったんじゃないでしょうか」

「騙し取った……」戸郷がつぶやいた。

「ＵＳＢが偽物だとわかって、アロンは、当然、大河内さんに苦情を言った。だから、大河内さんは慌てて戸郷さんに電話をしてきたんでしょう。そこで初めて、大河内さんは、ホテルに現れた人物が戸郷さんではなかったことを知った。それで、急いでアロンと相談して、戸郷さんの持っているＵＳＢをアロンに渡すことにした。でも、戸郷さんが詳しい居場所を教えないので、やくざの二人組が現れたんだと思います」

「なるほど。さすが奈々ちゃんだね。よくわかったよ」戸郷が感心したように言った。

「じゃあ、公安調査庁の方は本物かな？」

「そちらは本物なのかもしれませんね。身分証を確認したんでしょう？」

「うん。確かに写真はホログラム印刷だったし、手帳も本物っぽかった」

戸郷がそのときのことを思い出すように、少し宙を見ながら答えた。

「でも、誰が僕になりすましたのかな？」

「戸郷さんが今日福岡でその外国企業の人に会うことを知っていたのは誰ですか」

奈々子の問いに、戸郷が腕組みをして目を泳がせた。

「そうだねー。うちの社の開発部の連中は、パソコンで僕のスケジュールを見れるから、今日、僕が福岡でアナトリアトレーディング社の担当者と会うことは知ってたと思うよ」

「誰か開発部の中で怪しい人物はいませんか」

奈々子の質問に、戸郷はさほど考えることもなく、すぐに答えた。

「それは薮田さんだね。彼のことは、奈々ちゃんも知ってるでしょ？　怪しい選手権があったらぶっちぎりで優勝みたいな男じゃん。あ、でも……」何か思いついたのか、戸郷が口を小さく開けた。「スケジュールには、どこで、何時に会うのかまでは書いてないから、それは知らなかったと思うけど」

「じゃあ、大河内さんのほかに、約束の日時と場所を知っていたのは、誰なんですか」

「うーん、出張旅費を請求する際は、用務内容のほかに打合せの日時と場所も書かないといけないから、庶務課の旅費の担当者は知ってたかも」

「旅費の担当者って誰ですか」

「安藤さんだけど……」そう言って、戸郷が奈々子の方を向いた。

「その安藤さんは男性ですか、女性ですか」

「女性だけど、それが何か？」

戸郷はなんでそんなことを聞くんだという顔をしている。

奈々子は、戸郷の答えを聞いて、この事件の真相に到達した――ような気がした。

これだけで犯人がわかっちゃうなんて、あたしって天才……。

奈々子は目に力を込めて戸郷を見つめた。

「犯人は、薮田さんと安藤さんです。戸郷さんになりすました男性と、大岩を名乗った女性。ちょうど、ぴったりじゃないですか」

「ちょっと、やめてよー。本当にそうだったら、僕、人間不信になっちゃうよー」

戸郷が目を大きく見開いて抗議した。

その時、戸郷のスーツのポケットがぶーん、ぶーんと震えた。

「出なくていいんですか」

奈々子が尋ねると、戸郷は顔をしかめた。

「どうせまた、高野さんからだよ」

スマートフォンを取り出して画面を確認した戸郷は、奈々子にいぶかしげな顔を向けた。

「薮田さんからだ」

奈々子は、なぜ、こんなタイミングで薮田から電話が――とは思ったが、今は少しでも情報が欲しい。

「とにかく出てみてください。こんなときに電話なんて、ひょっとしたら大切な用件かもしれません。それから、薮田さんが今どこにいるのか確認してくださいね。もしも、福岡にいたとしたら、もう犯人は決まりですもん」

奈々子の言葉に一つうなずくと、戸郷は電話に出た。奈々子に聞かせようとしたのだろう、戸郷はスピーカーボタンを押した。

「もしもし」

すると、スマートフォンの向こうから、緊張感のない声が聞こえた。

「もしもし、戸郷ちゃーん？」

「あ、はい」

「どう、仕事うまくいってる？」

戸郷は、奈々子に困ったような顔を向けてこう答えた。

「まあ、なんとなく……。ところで薮田さん今どこにいるんですか」戸郷がいきなり聞いた。

「俺？　会社に決まってんじゃん。それより、戸郷ちゃんはどこにいるの？」

「どこって、福岡タワーの近くですけど。それが、なにか？」

戸郷の返事にスマートフォンから薮田のうれしそうな声が響いた。

「やったー、まだそんなとこにいるんだ。じゃあちょっと頼みがあるんだけどさ。博多とりかわ買ってきてくれない？」

「え？　博多とりかわってなんですか」

「さっき仕事中にエックス見て知ったんだけど、鶏の皮を串に巻き付けてカリッと焼き上げた焼き鳥で、今、博多で人気らしいんだよね。デパートや駅なんかに行けば冷凍でも売ってるみたいだから、探してお土産に買ってきてよ」

「はあ」

戸郷が首をかしげながら奈々子の方を見る。奈々子は、戸郷に口の動きで「あんどうさん」と伝えた。戸郷はうなずいて、薮田に聞いた。

「あーっと、そういえば今日は安藤さんも出社してるんですか」

「ああ、さっき廊下で見かけたけど。あれ？　戸郷ちゃん、安藤さんがタイプ？　そういえば、この間も痴話げんかしてたしねー。いやー、それは知らなかったなー」

「いいえ、そんなんじゃないですけど、ほら、今から会社に戻るのに、誰にお土産買って帰ればいいのかと思いまして」

戸郷があたふたしながら言った。

そのとき、都市高速道路から再びサイレンの音が響いて、話が中断する。その間に、奈々子は急いでスマートフォンのドキュメントに文字を入力して戸郷に示した。

——大河内さんが今どんな様子なのか聞いてください。

戸郷がうなずく。

サイレン音が止まるのを待って、戸郷は薮田に聞いた。

「大河内部長どうしてます？　なんかカリカリしてません？」

「部長？　なに、戸郷ちゃん、なにか部長怒らせるようなことしたの？」

「いいえ、そんなことないですけど、一応気になるじゃないですか。もし、カリカリしてるようなら、大河内部長にもお土産買って帰った方がいいかなと思いまして」

「そういうことなら、大河内部長には、お土産いらないよー」

「どうしてですか」

「部長、今日は休みなんだ」

「休み？」

戸郷がそういって奈々子の目を覗き込んだ。

スマートフォンからは、あいかわらず薮田の軽い声が聞こえる。

「そうそう、なんか、親戚に不幸があったんだって。今朝、急に連絡があったんだけど、そういえば、その親戚は福岡の人だって誰かが言ってたような気もするからさ。部長、今ごろ、戸郷ちゃんの近くにいるかもね」

「やめてくださいよー」

戸郷があたりをきょろきょろと見まわした。

「ははは。冗談だよ。冗談。じゃ、俺仕事に戻るから。戸郷ちゃん、お土産よろしくねー」

返事も待たずに、電話が切れた。

2

奈々子は細い腕を組んで考えこんだ。

残念ながら薮田と安藤はどちらも会社にいるようだ。ミステリー小説なら思いもかけない身近な人物が犯人というパターンが多い。薮田と安藤の共犯で間違いないと思ったのだが、今回は違ったらしい。

それより、大河内が会社を休んでいるというのはどういうことだろう。偶然なのか、それとも何か理由があるのか……。

奈々子が考えを巡らせていると、突然、戸郷が大声をあげた。

「わかった！」

奈々子が驚いて戸郷の方を見ると、顔中に笑みを浮かべている。

「奈々ちゃん、僕さ、誰が僕になりすましたのかわかっちゃったよ」

「本当に？」

奈々子が疑わしそうな顔できくと、戸郷が自信満々に答えた。

「大河内部長だよ。僕になりすますために、仕事を休んで福岡に来てるんじゃないかな」

奈々子は、戸郷の推理を頭の中で検証してみた。答えは二秒で出た。

「その考えには無理があります。そもそも大河内部長には戸郷さんになりすます理由がありません。もし自分が直接相手と取引するつもりなら、戸郷さんに出張を頼まなくていいですから」

「でも、今日になって急に自分が会わなければならなくなったとしたら、あり得るんじゃない？」

「戸郷さん、さっき、大河内部長から電話をもらったって言ってませんでした？　そのとき大河内部長は戸郷さんが持っているＵＳＢを相手に渡すように指示したんでしょう？　そんな人が、戸郷さんになりすまして偽物のＵＳＢを渡したというのは、論理が破綻しています」

少し厳しい言い方だったかなと思ったが、戸郷はこたえていないようだ。

「うーん。なるほど。それもそうだね」

戸郷が小さく何度もうなずいた。

しばし、会話が途切れた。いろいろ考えているうちに、奈々子は、今は、誰が戸郷になりすましたかを突き止めるより、もっと大切なことがあることに気づいた。

「それより、戸郷さん、この後どうするんですか」

奈々子の問いに、戸郷はうーんとうなった。

「奥さんと娘を危険な目に遭わせるなんて絶対にできないから、警察には言えない。でも、ＵＳＢは手元にないし、いったいどうしたらいいんだろう」

戸郷が困ったような顔を奈々子に向けた。

いや、あなたが考えるんでしょ、という言葉を飲み込んで、奈々子はとりあえず最も当たり前の方法を提案してみた。

「やっぱり警察に助けてもらうしかないんじゃないですか」

「それはだめだよ」戸郷は奈々子の提案を即座に拒絶した。「そんなことしたら、うちの奥さんや娘がどうにかされちゃうかもしれないでしょ？」

「でも、警察に守ってもらえば……」

「あのね、奈々ちゃん」戸郷は子どもに言い聞かせるような口調になった。「あの筋の人たちは、執念深いんだよ。今はいいかもしれないけど、警察も一生守ってくれるわけじゃないからね。いつ仕返しにくるかって、一生、びくびくしながら過ごすなんてごめんだよ」

「それはそうですけど……。じゃあ、ホテルにＵＳＢを取りに戻りますか？　でも、それだと犯罪に手を貸すことになりますよ」奈々子は眉をひそめた。

「それもねえ……。別に経済安全保障の方はどうでもいいんだけど、一つ問題があるんだよね」

　奈々子は、経済安全保障の方はどうでもいいんかーい、とは思ったが、あえて口には出さず、

「問題ってなんですか」と聞いた。

「ああ、実はそのＵＳＢは会社に忘れてきちゃったの」戸郷がさらっと言った。

「えー！」思わず声が出た。「ホテルに忘れてきたんじゃないんですか」

「忘れてきたのは本当だけど、ホテルじゃなくて会社ね。大河内部長からＵＳＢを預かったんだけど、バッグはロッカーの中だったから、とりあえずデスクの引き出しに入れてたの。で、そのまま忘れて会社を出てきちゃったわけ。でも、本当のことを言っても信じてもらえそうにないから、さっきのやくざには、とっさにホテルに忘れたって言ったんだ。臨機応変ってこういうことだよね。すごいでしょ」

　奈々子は、得意げな戸郷の顔をまじまじと見つめた。さっき、この人は能天気な人だと思ったが、それは取り消そう。この人は、能天気なのではなく、まぬけな人なのだ。奈々子は、「まぬけ」という言葉も死語ではなかったことに改めて気づいた。

「僕、どうしたらいいかなあ？」

まるきり人任せな戸郷の態度に焦《じ》れた奈々子は、戸郷に詰め寄った。基本的に、九州の女性は気が短いのである（あくまでも奈々子個人の感想だが）。つい大きな声になった。

「戸郷さんの問題なんですから、少しは自分でも考えてください。いったい、これからどうするつもりなんですか！」

「それがわかんないから困ってるんでしょう？」

奈々子の剣幕に戸郷がのけぞりながら抗議の声をあげた。もっとも、かなり情けない声ではあったが。

はあ、と奈々子はため息をついた。

さっき、こんな事件に巻き込まれて、ついてると思ったが、そうじゃなかったのかもしれない。こんな残念な人に振り回されるなんて、今日は、ついてない日なのか？　もしも残念な人コンテストがあったなら、戸郷は、間違いなく断トツの一位だろう。

それにしても、K国の工作員と公安調査庁に加えて、やくざ二人組に、戸郷の偽物まで現れるなんて、今回の取引はきっとこれまで以上に大きなものだったに違いない。

当然、K国側が準備していた謝礼もかなりの額になるはずだ。その金を騙し取られたうえに、目的のＵＳＢメモリも手に入らなかったのだ。アロンが激怒しているのは間違いない。

「きっと戸郷さんの偽物は大金を手に入れたと思いますよ。だから金を騙し取られた方のアロンは相当怒っているはずです。そうなると、やくざ二人組だって何をするかわかりませんし、やっぱり、警察に相談した方がいいんじゃないでしょうか」

そう言って、奈々子は横目でそっと隣に座る戸郷の様子をうかがった。

何を考えているのか、戸郷は、背中を丸めたまま、珍しくまじめな顔をして足元の一点を見つめている。

「僕って、だめな男なんだよ」戸郷がぽつりと言った。「なにをやってもうまくいかないの。学生のときも、仕事を始めてからも、失敗ばかりでさ。いつも、みんなから馬鹿にされてきたんだ。でもね……」

ここで戸郷は顔を上げた。

「僕の奥さんは、それでいいんだって言ってくれるんだ。他人を馬鹿にする人より、馬鹿にされる人の方が好きだって。そして、娘は僕が落ちこんでるときは、いつもパパ大好きって言って、僕の胸に飛び込んできてくれるんだよ。どうやら、奥さんが、僕の様子を見て、娘にパパに抱きついてあげてって頼んでるみたいなんだけどね」

「いい奥様ですね」

「僕にはもったいないくらいのね。だから、奥さんと娘だけは絶対に守りたいんだ。そのためならなんだってやる」

そう言った後、突然戸郷がベンチから立ち上がり、奈々子に背中を向けて、室見川の方に向かって歩き始めた。遊歩道を横切って、川岸に作られた転落防止用の柵にもたれかかる。

まさか飛び込むつもりかと、慌てて奈々子が近づくと、戸郷は川の流れを見つめていた。

「こうなったら、直談判しかない」

戸郷が水面に目を向けたまま、独り言のようにつぶやいた。

「直談判って?」

奈々子の問いに、戸郷が顔だけ奈々子の方に向けた。

「さっきのやくざは、きっとK国のアロンってやつから指示されて動いてる。だからさ、僕や家族の安全を保障してもらうためには、さっきの二人じゃなくて、雇い主のアロンと直接交渉するしかないと思うんだ」

戸郷の言うことは間違っていない。確かに、身の安全を保障してもらおうと思えば、K国の工作員と直接話したほうが確実だ。だが、そのためには交渉のための材料が必要になる。

「交渉っていっても、何と引き換えに家族の安全を保障してもらうんですか。向こうが欲しがっているUSBは今持ってないんでしょう？　一度東京に戻って取ってくるつもりですか」

「そんな時間はないよ。やくざにはUSBはホテルに置いてあるって言っちゃったしね。東京に戻る時間なんてない」

「じゃあどうするんですか」

すると、戸郷はまっすぐに奈々子の目を見つめた。

「奈々ちゃん。僕に力を貸してよ。僕はだめなやつだから、誰かを頼るしかないんだよ。僕がわからないことも、奈々ちゃんならわかるでしょう？　どうしたら、奥さんと娘を守ることができるのか、どうか一緒に考えてください。お願いします」

そう言って戸郷が、奈々子に向かって深々と頭を下げた。

九州の女性は情に厚い（あくまでも奈々子個人の感想だが）。ここまで頼られたらなんとかしてあげなければならない。戸郷の妻と娘のためにも。

「わかりました」奈々子は力強くうなずいた。

ゆっくりと海に向かって注ぎ込む室見川の流れに目を向けながら、奈々子は知恵を絞った。

ＵＳＢメモリがない中で、どうやってＫ国のアロンと交渉すればいいのか。今考えられる方法は一つしかない。ただ、そのためにはあるものを手に入れる必要がある。しかも、それが手に入ったとしても、交渉がまとまる可能性は決して高くない。それでもやってみるのかどうか、これは戸郷に決めてもらうしかない。

「もし、戸郷さんになりすました犯人からお金を取り戻すことができれば、アロンと交渉できるかもしれませんね。確約はできませんけど……」

とりあえず、思いつくのはそれくらいだ。Ｋ国が今回の情報を買うために用意していた金はかなりの額になるだろう。それなら、騙し取られた金を取り戻して返すといえば、一応交渉の余地はある。アロンとしても、ＵＳＢメモリが手に入らないのなら、金だけでも取り戻したいはずだ。話の持っていきようによっては戸郷の家族に手を出なさいよう約束してくれるかもしれない。かなり、難しい交渉になるだろうが。

するとと戸郷がぱっと顔を輝かせた。

「なるほど、確かにそうだ。いい考えだよ、奈々ちゃん！」

そんなに簡単に納得していいのか、と心配する奈々子のことなどおかまいなしに、戸郷が再び口を開いた。

「そうなると、僕になりすました犯人からどうやって金を取り返すかだね」

「うーん。結局、誰が戸郷さんになりすましてお金を横取りしたのかっていう、さっきの疑問に戻ってきちゃいますね」

どこかに手掛かりはないのか。大河内は、この不正な取引を社内の誰かに気づかれないよう、細心の注意を払っていたはずだ。にもかかわらず、大河内の意図に気づいたものがいたのだ。社員全員の旅費請求を見ることができる庶務課の安藤なら気づいたかもしれないが、今は会社にいるようだ。では、いったい誰が……。

奈々子が懸命に頭を働かせていると、戸郷から名前を呼ばれた。

「……ちゃん。奈々ちゃん」

戸郷の視線の先を見ると、遊歩道の三百メートルほど向こうに、小さな女性と大きな男性のコンビが立っている。これが、先ほど戸郷が言っていた公安調査庁の高野と富樫なのか。

「走るよ」

いきなり戸郷は、遊歩道を走り始めた。奈々子も慌てて追いかける。

「待って！」

遠くで女性の声がした。

「戸郷さん、私が先に行きます」

背中から声をかけると、戸郷の走るスピードが少し落ちた。奈々子は戸郷を追い抜くと先にたって駆け出した。

このあたりは、奈々子のテリトリーだ。頭の中で逃げるルートを計算した。この遊歩道の左側には、ももち浜の高級住宅街がある。逃げ込むならそこだ。

奈々子は、通歩道を百メートルほど走ると左に曲がり、ところどころにある都市高速道路の高架下通路を通って住宅街に駆け込んだ。

ここは、家と家の間にある通りが、途中で「く」の字に折れ曲がっていたり、突き当りがT字路になっていたりして、先が見通せない構造になっている。誰かをまくにはもってこいの場所だ。

「こっち、こっち」

奈々子は住宅街の中の通りを縦横に走った。ここを左、ここを右。これで、後から追ってくる二人は、奈々子たちがどっちの方向に逃げたかわからないだろう。

十分に行く先をくらませた後、住宅街を出て、福岡タワー方面に向かう道路を渡った。その先にはマンションの間を縫うように歩行者専用の通路が伸びている。道は蛇行しており、しかも両側に木々が植えられているため、こちらも先が見通せない構造だ。

奈々子は、その通路を百メートルほど走って右に曲がった。

その先には小さな公園がある。周りを高い生垣で囲まれ、真ん中には丸い形をした花壇が整備されている。ところどころに立つ葉を茂らせた木々が根元に濃い影を作っていた。

奈々子は、その公園に駆け込むと、近くにあった木の影の中にしゃがみこんだ。少し遅れて隣に戸郷がやってくる。

しばらく、公園の入り口をうかがったが、例の二人組が追いかけてくる気配はない。

戸郷が荒い息をつきながら奈々子のほうを向いた。

「はあ、はあ、どうやらうまくまいたみたいだね。ありがとう奈々ちゃん」

「このあたりなら細い路地まで頭の中に入ってますから」奈々子は息を整えながら答えた。

実際、奈々子の頭の中には、この周辺の地図がグーグルマップのように入っている。地図で全体を把握していれば、どこをどう曲がって逃げればいいのかを考えるのは簡単だ。そう、全体を把握していれば……。

そういえば、戸郷の会社の人間以外にも、社員全員の福岡出張を把握できる人物がいた。そして、その人物は大河内が命じた出張の不自然さにも気づいていた。

「『あいかわらず』って、言ってましたよね」

「へ?」戸郷が調子はずれの声をあげた。「なんのこと?」

「ほら、昨日、戸郷さんがうちの店に来た時、大河内さんから命じられた仕事の中身を聞いて、ママは、大河内部長のことを、あいかわらずいい人だって、言ってました」

「それがどうしたの?」

ぽかんとした顔の戸郷に、奈々子は説明を始めた。

「あいかわらずっていうことは、前にも大河内さんが誰かに楽な出張を命じたことがある、ということです」

戸郷は要領を得ない顔で黙って聞いている。

「戸郷さんの会社で福岡に出張する人は、みんなうちの店を訪ねてくれますよね」

「そうそう。社長の指示らしいから」

「とすると、大河内部長に福岡出張を命じられた社員の方は、みんなうちの店に来たはずです。そのとき、どんな仕事で福岡に来たのか、ママに話したんじゃないでしょうか」

「そういえば、僕も、ママから、何しに福岡に来たのかを聞かれたね」戸郷がうなずく。

「ママは、大河内部長が戸郷さん以外にも楽な出張を命じていることを知っていた。だから、戸郷さんの話を聞いて、『あいかわらず』という言い方をしたんだと思います」

「そうか！」戸郷がぽんと手を打った。「ママは、部長に福岡出張を命じられた他の社員から同じような話を聞いてたんだ」

「そして、福岡に来たみんなに共通しているのが、仕事が簡単なことと、何かを渡してお土産をもらってくることだった……」

絵梨はＩＴＯ社の社員とは顔なじみだ。店に来た社員からいろんな情報を引き出すことができただろう。大河内が命じた出張の不自然さに気づいていたとしても不思議はない。みんなから情報を集めて、大河内が情報を売っているのではないかと推理した。あの絵梨のことだ。ことによると、大河内に直接電話して、かまをかけて反応を探るくらいのことはしたかもしれない。

「つまり、ママは、大河内部長が技術情報を売って謝礼をもらっていることに、気づいていたっていうこと？」

「その可能性はあります。ただ、確信したのは昨日だったんじゃないでしょうか。だって、普通、英語のしゃべれない部下に外国人相手の説明なんて任せます？　私だっておかしいなと思いましたもん。戸郷さんの話を聞いてママは自分の推理に自信を持った。それで、お土産を横取りすることを考えついた」

「でも、どうして取引するホテルがわかったのかな。僕、昨日、約束の時間は言ったと思うけど、ホテルの名前は言ってないよね？」

戸郷が不審そうに首をかしげた。

「それは簡単です。だって、戸郷さん、海の見える高級ホテルのラウンジって言ったじゃないですか。福岡の人間なら、それを聞けば、みんなエンパイヤホテルってわかります」

「そうなの？」戸郷が驚いたような声をあげた。「でも、福岡も高級ホテルならいっぱいあるんじゃないの？」

　奈々子はにっこりと笑った。

「高級ホテルはあるんですけど、リッツも、オークラも、ニッコーも、オータニもみんな天神か博多駅の周りにあるんです。海の見えるラウンジを持っている高級ホテルは、福岡ではエンパイヤホテルだけです」

「へー、地元民しか、わからないことってあるもんだねー」戸郷が感心したように小さく首を振った。「じゃあ、今朝、僕に電話してきた福岡県警の大岩って女性がママなのかな？」

「そうかもしれませんね。どんな声でしたか」

「うーん、くぐもった小さい声だったから、よくわからないなあ。あれは、わざと本当の声がわからないようにしていたのかも。でもさ、もしそうだとすると、ホテルで僕になりすました男は誰なんだろう？」

「そうですね……」

絵梨が最初から金を横取りすることを計画していたとは思えない。昨日店で話を聞くまで、戸郷が大河内に命じられて福岡に来たことは知らなかったはずだし、奈々子の見るところ、昨日の絵梨にいつもと変わったところはなかったからだ。しかし、金を横取りすることを決めたのが店が終わった後だとすると、それから共犯者を探すのは難しいのではないか。

奈々子が難しい顔をして考えていると、戸郷が急に声をあげた。

「そういえば、あいつら女を探しているって言ってた！」

「あいつらって誰ですか」

「ほら、奈々ちゃんも見たあのやくざの二人組だよ。さっき、あいつら、僕に向かって、あの女の知り合いか、とか、女を探して近くにいた、とか言ってたんだ。最初は、公安調査官の高野さんのことを言ってるのかと思ったんだけど、どうも違うみたいなんで、誰のことなのかなと思ってたんだ。今、わかった。あいつらが捜していたのは、きっと、僕になりすましてお土産を奪った人物に違いない。そして、それは女性なんだ」

「ママが、自分で戸郷さんになりすましたってことですか」

「そうなんじゃないかな。あ、でもだめだ」戸郷が突然うつむいた。「考えてみたら、大岩って女性は、僕が乗るバスや降りるバス停を細かく指示してたから、ずっと僕の近くにいたはずなんだ、だから、ホテルに行って金を受け取ることなんてできないよ」

そのとき、奈々子にはピンときた。絵梨が、どうやって戸郷に指示しながら金も受け取ることができたのか。

「そうとも限りませんよ」と言って、奈々子はスマートフォンを取り出した。「これ見てください」

奈々子が開いたのは、いつも使っている福岡市内を走るバス会社のアプリだった。

「このアプリを使えば、福岡県警の大岩さんが戸郷さんに指示したことぐらいなら、尾行していなくてもできますよ」

奈々子は、戸郷にアプリを操作してみせた。このアプリなら、特定のバス停を経由するバスの行先、系統とともに、そのバスが何停前にいるのかをリアルタイムで調べることができる。

「なるほど」戸郷がうなずく。

「でも、ママはどうして男性の戸郷さんになりすますことができたんでしょうか」

奈々子がそう言うと、戸郷がスマートフォンを取り出して通話履歴を開いた。

「この先は、ママに聞いてみよう」

履歴の中から絵梨の番号を探すのかと思ったら、突然戸郷の動きが止まった。

「いや、だめだ。今電話したら、証拠を隠されるおそれがある。よし。こうなったら、今から、ママの家に行って直接話をしよう。奈々ちゃん、ママの家、知ってる？」

「はい。店が遅くなったときに、何度か泊めてもらいましたから」

「じゃあ、案内して」戸郷が勢いよく立ち上がった。

意気込む戸郷を前に、奈々子としては、うなずくしかなかった。

ただ、奈々子には一つ気になることがあった。

戸郷が通話履歴を開いたときに、ちらっと見えたのだが、戸郷のスマートフォンには、同じ携帯番号からの着信履歴がたくさん残っていた。問題は、その番号が二種類あったように思えたことだ。何度も戸郷に連絡してきた二人の人物。一人は、戸郷がさっき言っていたように高野という公安調査官だろう。では、もう一人は誰なのか？

だが、それを戸郷に尋ねる時間はなかった。

「奈々ちゃん行くよ！」

戸郷が一人で駆け出したからだ。

「戸郷さん、そっちは海岸の方向です。道路はこっち」

奈々子は、戸郷を呼び止めた。

戸郷は立ち止ると、奈々子の指さす方向に向かって再び駆けだした。

「あ、そっちは行き止まり！」

こんなので本当に大丈夫なのか……？　戸郷の後を慌てて追いかけながら、奈々子は小さく首を振ったのだった。

三　松山《まつやま》絵梨《えり》の災難

1

ピンポーン。ドアホンが鳴った。

「はいはい」

誰にともなく返事をして、絵梨はベッドから起き上がると重い足を引きずりながらリビングに向かった。

玄関に通じるドアの横にはモニターが設置してある。その映像を見た絵梨は息をのんだ。そこには、マンション一階のカメラに向かって微笑む奈々子と、仏頂面でこちらをにらんでいる戸郷が映っていたからだ。

ひょっとしたら気づかれたのかもしれない。一瞬、居留守を使おうかとも思ったが、ここで逃げてもいずれはばれる。こうなったら会うしかないと思いなおした。

「はい、今開けます」

絵梨はマンション一階のロックを解除した。

奈々子たちが六階のこの部屋に来るまでに、とりあえず服をどうにかしなければならない。

絵梨は寝室に戻り、大急ぎでスーツを脱ぎ捨てると、白い長そでシャツとネイビーのロングスカートに着替えた。次に、髪を束ねていたゴムを外し、両手でかき上げていつもの髪形に戻す。さて次に言い訳を考えて、と思っていたら、エレベーターがすぐに来たのだろう、部屋のチャイムが鳴った。

「ふう。今日は絶対ついてない」

絵梨は、小さくつぶやくと玄関に向かった。


絵梨の住むマンションは、福岡市の真ん中、中央区赤坂にある。アイランド型のキッチンがついた広いリビングと寝室の二部屋だけだが、それでも一人暮らしの絵梨には十分な広さだ。

絵梨は、キッチンの隣に置いたダイニングテーブルに戸郷と奈々子を案内した。明るい木目調のテーブルは白で統一した部屋によくマッチしている。いつもなら自慢するところなのだが、今はそんな余裕はない。

絵梨は、テーブルと同じ木目調の椅子を戸郷と奈々子にすすめると、キッチンに向かった。

「コーヒーでいい？」

「ママ、ここに座って」戸郷が硬い声で言った。

しかたなく、絵梨はコーヒーを淹《い》れるのをあきらめ、ダイニングテーブルを挟んで、戸郷と奈々子の向かいに座った。

「で、急に何の用なのかな？」

絵梨はことさら明るい声で聞いた。しかし、戸郷は、その問いには答えずに、絵梨をにらんだ。

「今日、僕になりすましてエンパイヤホテルに行ったよね」

どうやら、もうばれているらしい。絵梨は小さくため息をついた。こうなったら、正直に話すしかないだろう。

「ごめんなさい」絵梨は素直に頭を下げた。「戸郷さんになりすましてホテルに行ったのは私です」

2

株式会社ITO社の社員が絵梨の店に来るようになったのは、三年ほど前からだ。きっかけは、社長の伊藤が、ふらりと店にやってきたことだった。そのときの伊藤は、黒ぶち眼鏡に白いTシャツ、体にぴったりフィットした紺のジャケットとカーキ色のパンツ、そして裸足にローファーと、ITベンチャーの社長を絵に描いたような姿だった。絵梨は、「知らない人が見たら、ITベンチャーの社長さんと間違われますよ」とからかったのだが、それを聞いた伊藤は大笑いして、すっかり絵梨のことを気に入ってくれた。

その日、店でも一番いいボトルを入れてくれ、それからは、福岡に来るたびに寄ってくれる常連さんになった。

その後、伊藤は、社員に、福岡に行った際は絵梨の店に寄るようにと言ってくれたようで、すぐにITO社の社員も、伊藤のボトルを目当てに店に来てくれるようになった。

その中には女性社員もいたから、ひょっとすると、伊藤は社長として命令してくれたのかもしれない。

もっとも、社員にもメリットはあったはずだ。伊藤からは、ボトル代は自分が払うと聞かされていたので、社員が払うのはセット料金だけだ。他の店に行くより断然安く上がるし、こちらも常連さんとしてサービスできる。まさに会社ぐるみのお得意様だ。

大河内もたびたびこの店に来てくれた常連客の一人だ。取引先と一緒のときもあれば、部下を連れてきたときもあり、もちろん一人で来たこともある。ただ、大河内自身の姿はここ半年ほど見ていない。その代わりなのか、大河内から出張を命じられたという社員が増えたのだが、絵梨には、一つ疑問に思っていることがあった。

それは、彼らが命じられた仕事の内容だった。

絵梨は、この世界に入る前は、福岡市内の事務機器メーカーで営業の仕事をしていた。ときどき東京への出張もあったが、その際はいつも緊張で胃が痛くなるような用務ばかりだった。それも当たり前で、福岡―東京の航空運賃に、宿泊が必要な場合はさらに宿泊費と、出張に際して会社が負担する経費は馬鹿にならない。そんな費用を支出してまでやらなければならない仕事だ。楽なはずはない。そんな絵梨の感覚からすると、大河内から出張を命じられたＩＴＯ社の社員の用務はあまりにも軽すぎる。これがＩＴＯ社の出張方針なのかといえば、それも違うようだ。

その証拠に、ここ半年の間に十人以上の社員が絵梨の店に来てくれたのだが、大部分の社員は、重要な取引先との仕様の打ち合わせだったり、大手企業が募集したコンペでのプレゼンテーションだったりと、絵梨が聞いても明らかに重要な用務をこなしていた。あのいいかげんな薮田でさえ、取引先との細かい調整が一日がかりとなり、足元をふらつかせながら店に顔を出したくらいだ。もっとも、三〇分後にはいつもの薮田に戻っていたが。

ところが、このうちの三人だけは、遊びに来たとしか思えない用務内容だった。所属する部署こそばらばらなのだが、出張用務はみんな一緒で、外資系の会社に、自社や製品の概要を説明するだけなのだ。はっきりいって、どれもリモートでできる内容で、わざわざ福岡まで人を送る必要があるとは思えない。そして、この三人に共通していることは、採用三年以内の新人であることと、出張を命じたのがいずれも大河内だということだ。

そのうちの一人が、プライベートで店を訪ねてきてくれたことがあった。友人と福岡に遊びにきたときに寄ってくれたのだ。その際、前回の福岡出張の話になったのだが、その社員によると、会った相手はアジア系の外国人男性で、少しだけ会社の概要を説明して大河内から預かったUSBメモリを渡したら、相手から、大河内に渡してほしいと地元のお土産、「博多通りもん」を渡されたということだ。要した時間はわずか二〇分ほど。簡単な仕事だったようだ。ちなみに、ことづかったお土産を大河内に渡したら、上機嫌で労をねぎらってくれたらしい。

そのときは聞き流していたのだが、後で改めてその会話を思い出したとき、ふと、絵梨の胸の中で疑念が頭をもたげた。

ひょっとしたら、大河内には何か別の意図があるのではないか……。

気になった絵梨は、大河内に出張を命じられたほかの二人のスマートフォンに電話して、それとなく出張の内容を聞いてみた。すると、二人とも、面会した相手は外国人で、大河内から預かったUSBメモリを渡して、お土産に博多通りもんの箱をもらって帰ったということだった。相手の外国人がどんな人物だったのかをきくと、一人は欧米系の男性、もう一人はアジア系の女性と、先に話を聞いていた一人を含め、三人ともばらばらだったが、会社名だけは同じで、アナトリアトレーディング社。

これは何かある、と絵梨は思った。

絵梨の推理はこうだ。大河内は会社の技術情報をアナトリアトレーディング社の誰かに売っている。USBメモリに保存された情報と博多通りもんの箱の中に入った現金を交換しているのだ。しかも、受け渡しは、事情を知らないそれぞれの部下にやらせている。だから、大河内の部下とアナトリアトレーディング社の社員はいつも顔ぶれが違うのだ。

これなら、万が一、取引現場を警察に押さえられても、大河内と取引相手は、部下がやったことだと言い逃れをすることができるし、口裏を合わせるための時間もかせげる。最悪の場合、逮捕状が出る前に海外に逃亡することだって可能だ。そう考えれば、大河内が新人ばかりを使っている理由もわかる。出張内容に疑問をもたれたくないのだろう。

そこまで考えた絵梨は、自分の推理を確かめたくなった。ついでに、最近店に来なくなった大河内をからかってやろう、それくらいの気持ちで大河内のスマートフォンに電話した。

「もしもし。ママ、急にどうしたの」

電話に出た大河内に、いきなりこう言ってみた。

「大河内さん、会社の情報を売りようやろ?」

次の瞬間、大河内が息をのむのがはっきりわかった。ビンゴ!

「なんでそれを……」

と言いかけた大河内の言葉にかぶせるように、絵梨は慌てて言った。

「冗談。冗談。大河内さん、このごろ店に来てくれんけん、電話したとよ」

「ああ、そうなのか」大河内がほっとしたような声になった。

「五月二十日はあたしの誕生日やけん。忘れてないよね」

「ああ。覚えてるよ」

「じゃあ、今度、プレゼント持ってきてよね」

「わかったよ。またママに会いに行くよ」

「待っとうけんね」

「ああ。そのうちね」という言葉を最後に電話は切れた。

通話したばかりのスマートフォンを見ながら、絵梨はふうと息をついた。

あぶなかった。急いで冗談だと言ったからいいようなものの、もう少しで大河内は白状しそうだった。そんなことをされたら、ITO社とのせっかくのいい関係が壊れてしまう。

　この問題はこれで終わりだ。別に、大河内が何をしていようと、絵梨には関係がない。今までどおり、ＩＴＯ社の社員が店に来てくれればそれでいいのだ。

　その時はそう思っていたのだが……。戸郷から出張用務の話を聞いたとき、絵梨は大河内に電話したときのことを思い出した。

　外資系の会社に英語で資料の説明をさせるのに、英語のできない部下を派遣する上司はいない。やはり、大河内の本当の狙いは、資料を説明させることではなく。ＵＳＢメモリを渡してお土産をもらってくることなのだ。これなら英語は必要ない。むしろ、相手の言っていることがわからない方が、後でいろいろ詮索されずに都合がいい。自分の推理は正しかったのだ。絵梨は確信した。

　その夜、マンションに帰ってベッドに横になっていた絵梨に、ちょっとしたアイデアが浮かんだ。

　明日、戸郷の代わりにホテルに行って、その外資系の会社からお土産――正確にはその中に入っているお金――を横取りすることはできないだろうか。

　というのも、絵梨には、今、どうしても、まとまった金が必要な事情があったのだ。

絵梨には、年の離れた弟がいる。両親が早く亡くなったため、絵梨が母親代わりになって育ててきたといっていい。その弟は、三年前から東京の大学に通っているが、私立理系ということもあり、学費にアパート代など仕送り額は馬鹿にならない。ところが、ここ数か月間の店の売り上げは芳しくなく、今月は、仕送りどころか店の家賃を払うのも厳しい状況だ。

そんな中、弟が自転車で事故を起こした。横断歩道を歩いていた老人に衝突したのだ。被害者の老人は腰の骨を折る重傷で、手術を受けて入院している。自転車保険に入っていなかったため、その費用は全額こちらが支払わなければならない。いずれ慰謝料も請求されるだろう。弟は大学を辞めて働くと言っているが、そんなことはさせられない。弟の将来は絵梨にとって唯一の希望なのだ。

とはいっても、すでに、金を借りられそうなところからは、借りつくしている。絵梨は、もう闇金融に頼るしかないところまで追いつめられていた。

もしも、今、二百万円ほど現金収入があれば、どれほど助かるだろう。そして、金は目の前に転がっている。

考えてみれば、情報と金を交換していることは、大河内も取引相手も、どちらも表ざたにできない話だ。そうだとすれば、例えば、誰かが戸郷になりすまして金を横取りしても、告発できないのではないか。

もちろん、大河内が情報を売っているという絵梨の推理が間違いだという可能性もなくはない。ただ、その場合でも、ＩＴＯ社にとって被害と言えるものは、おみやげの博多通りもんだけだ。仮に、それが絵梨の仕業だとわかったとしても、大河内が情報を売っていると思って証拠をつかむためにやったことだと社長の伊藤に言えば、笑って許してくれそうな気もする。いや、その前に、戸郷を言いくるめて、後で本物のＵＳＢメモリを相手方に届けさせるという方法もある。

最初はほんの思い付きだったが、考えているうちに、どんどん、それがいいアイデアであるように思えてきた。

戸郷は、明日の待ち合わせ場所は海の見える高級ホテルのラウンジだと話していた。福岡でその条件に当てはまるホテルはエンパイヤホテルしかない。そこは地下鉄の駅からかなり離れている。アクセスするならバスになるだろう。戸郷は博多駅近くのホテルに泊まっているようなので、間違いなく、博多駅前のバスターミナルから福岡都市高速道路経由でタワー方面に向かうバスに乗るはずだ。乗り場は、確か六番。

待ち合わせの時間は九時だと言っていたので、バスに乗るのは八時過ぎ。戸郷がバスターミナルに現れる時間はおおよそ見当がつく。絵梨がどうにかして戸郷を足止めしているあいだに、誰かが戸郷になりすましてホテルに行けばいい。

絵梨は、ベッドから体を起こして、部屋の明りをつけた。ベッドの横にあるサイドテーブルの上に、店で使うハンドバッグが載っている。絵梨はベッドに座ったままバッグを探って、戸郷からもらった名刺を取り出した。

相手に渡す名刺はこれを使えばいいが、今から戸郷になりすますことができる男性を見つけるのは難しいかもしれない。では、どうするか……。

絵梨は改めて名刺に目を落とした。表は日本語で、「戸郷　勇樹」と書かれている。裏返してみる。こちらは、英語表記になっている。名前は「Ｙｕｋｉ　Ｔｏｇｏ」。

そのとき、絵梨はひらめいた。自分が戸郷になりすましたらどうだろう。

ビジネスの場合、通常、相手に性別を伝えることはない。性別とビジネスは関係ないからだ。そして、取引相手は外国人だと戸郷は言っていた。それなら名前だけでは、男性か女性かの区別がつかないのではないか。しかも、戸郷の名前は「勇樹」で、漢字を見れば男性だが、ローマ字表記なら「Ｙｕｋｉ」となる。「ゆき」なら日本では女性の名前なので、漢字の分からない外国人なら、ローマ字だけを見て女性だと誤解してくれる公算は高い。

もちろん、大河内が相手方に戸郷の性別を伝えている可能性もゼロではないが、そのときは、自分は男性だと言い張ろう。ＬＧＢＴが認知されている現代なら押し切れるだろう。

実際にホテルに現れるアナトリアトレーディング社の社員も上司に命じられているだけで詳しい事情は知らないはずだ。戸郷になりすましてＵＳＢメモリを渡しさえすれば、すんなりお土産をくれるのではないか。

しかも、金を騙し取られたことに気づいても、大河内も取引相手も警察に通報することはできない。そんなことをすれば、自分たちの違法な取引を認めることになるからだ。

ここまで考えたら、もう、いてもたってもいられなくなった。絵梨は、ベッドを出ると、手帳とボールペンを取り出して具体的な計画を練り始めた。

五月二十四日、水曜日の七時四十分。絵梨は博多バスターミナルにいた。

いつもならカールして肩に垂らしている髪は黒いヘアゴムで後ろにまとめた。化粧もわざと野暮ったくしている。服装は、ベージュのブラウスにグレーのスーツの上下だ。これに、ビジネスバッグを肩にかけた姿は、普通の会社員にしか見えないだろう。

絵梨は福岡タワー行きのバスが出る六番乗り場に向かった。乗り場には、すでに長い列ができている。バスターミナルの真ん中に立つ大きな柱の陰から、六番乗り場を見張る。

バスを待つ乗客の列はバスが到着するたびに短くなるが、新しい乗客が次から次にやってきて、すぐにまた長い列ができる。

何台かのバスが到着した後、絵梨は、ターミナルの入り口から六番乗り場に向かって歩いてくる、さえない男を見つけた。寝ぐせのついた髪に、ぼーっとした顔、くたびれた濃紺のスーツ姿は昨日見た戸郷に間違いない。

柱の陰からそっと様子をうかがうと、戸郷は六番乗り場の列の後ろの方に並んでいる。

絵梨はバッグからスマートフォンを取り出した。このスマートフォンは、プライベート用なので、戸郷が番号を知っているはずはない。ただ、戸郷のスマートフォンに携帯番号が残ることになるが、警察が動かなければ、そこから身元が手繰られることはないはずだ。

注意深く戸郷の携帯番号を押した。

戸郷をどうやって足止めするのか、あのあと、しっかり考えてシナリオまで作ってきた。相手国をどこにするのか迷ったが、とりあえず一番有名なR国にしておいた。話自体は作り話だが、警視庁のホームページに載っていた実例がベースなので、真実味はあるはずだ。

福岡県警の公安一課を装うと、戸郷はすぐに信用したようだ。ショートメールを送って別のバス乗り場に誘導する。こちらからもエンパイヤホテルを経由して福岡タワー方面に向かうバスが出ているが、都市高速道路を使わず、街中を走る経路のため時間がかかる。それがつけ目だ。戸郷がバスに乗っている間に、エンパイヤホテルに行き、お土産を受け取るつもりだ。

絵梨は、戸郷から見えない位置に立って、博多駅B乗り場のバス停を見張った。やがて、ちょうどいいバスがやってきた。街中を通りエンパイヤホテル前を経由して福岡タワー方面に向かうバスだ。経路は違うが行先は同じ。これに乗っても、約束のエンパイヤホテルに向かうことに違いはない。これなら戸郷としても抵抗が少ないはずだ。

戸郷に次のバスに乗るよう指示を送る。尾行している者などいないことに気づかれないよう、一番前の席に座るよう指示した。

戸郷がバスに乗り込むのを確認して、絵梨は博多バスターミナルに急いだ。歩きながら、戸郷に覆面パトカーで尾行しているとメールを送る。

バスターミナルで六番乗り場の列に並ぶと、バス会社のアプリを開いて、バスの運行情報を確認する。

さっき戸郷が乗ったバスは、博多駅前B乗り場、定刻八時一七分発、一五番系統の福岡タワー行きだ。現在の時刻は八時二十二分。おそらく、戸郷のバスは、今ごろ渡辺通り一丁目の手前ぐらいを走っているのではないか。

絵梨は、手早く、乗るバス停に「渡辺通り一丁目」、降りるバス停に「福岡タワー」と入力した。検索ボタンをタップすると、渡辺通り一丁目のバス停に近づく福岡タワー行きのバスが表示される。戸郷が乗った一五番系統のバスは渡辺通り一丁目の二つ前のバス停を通過している。少し間をおいて再検索する。一停前通過。よし、指示を出すタイミングだ。

絵梨は、戸郷のスマートフォンに、次の渡辺通り一丁目のバス停で降りるようにとメールを送った。これを見た戸郷は、メールの送り主が尾行していると思ってくれるだろう。

　ほどなく絵梨の並ぶ六番乗り場に八時二六分発のバスが来た。そのバスをやり過ごすと、バスを待つ列の前方まで進むことができた。すぐに次の八時二八分発のバスが来る。絵梨は、そのバスに乗り込んだ。スマートフォンを後ろからのぞかれないよう、一番後ろの窓際の席に座る。

　戸郷から連絡がないところを見ると、指示どおり渡辺通り一丁目で降車したようだ。今度は、しばらくそのバス停周辺で待機するようにとメールを送った。

　絵梨の乗ったバスは、博多駅から北に伸びる大博通りを通って、海上に建設された福岡都市高速道路に入った。ここまで少し遅れ気味だが、都市高速で遅れは取り戻せるはずだ。

　やがてバスの窓の向こうに、穏やかな博多湾と志賀島の砂州が広がる。美しい景色だが、今はそれを楽しんでいるような余裕はない。

　再びバスアプリで、戸郷が待機する渡辺通り一丁目のバス停からエンパイヤホテル前を経由して福岡タワー方面に向かうバスを検索する。

　さっき戸郷に指示したのと同じ一五番系統のバスが二分遅れで二停前を通過。このバスがいいだろう。再検索を繰り返し、バスが一停前まで近づいたところで、次の福岡タワー行き一五番系統のバスに乗るようにと、戸郷にメールを送る。戸郷には尾行者を特定するためにエンパイヤホテルに向かっていると思い込ませておかなければならない。

これで、戸郷の方はしばらく大丈夫だ。街中を走るバスはいつも遅れる。しかも今は通勤時間帯だ。戸郷の乗るバスがエンパイヤホテル前に到着するまでには、渋滞を考慮すればたっぷり三〇分以上はかかるはずだ。なんとか、それまでに仕事を終わらせてしまいたい。

絵梨の乗ったバスは西公園ランプで都市高速道路を降りた。しばらく進むと、右側に福岡ソフトバンクホークスの本拠地である福岡ドームが見えた。信号を右に曲がり、九州医療センター前を過ぎれば、次が目指すバス停だ。バスは定刻の二分遅れでエンパイヤホテル前に着いた。

絵梨はバスを降りた。道路を挟んで向かい側に、海にへさきを向けた船のような姿をした高層ホテルが見える。これが、エンパイヤホテルだ。

腕時計を確認する。八時五十四分。今のところ計画は順調に進んでいる。ただ、今からが本番だ。

少し先にある横断歩道を渡り、ホテル西側にある一階玄関から中に入った。メインエントランスは二階にあるため、こちらの出入口からホテルに入る客は少ない。まっすぐに伸びた広い廊下に、外国人の姿がちらほら見えるくらいだ。

今からやることをもう一度頭の中で確認しながら、早足で廊下を進む。五十メートルほど先に、上の階につながるエスカレーターがある。絵梨はエスカレーターを乗り継いでラウンジのある四階まで上がった。

エンパイヤホテルのラウンジ「シーサイド」の天井は半透明のドーム状になっている。奥の海側はすべてガラス張りで、ラウンジの入り口からも、輝く博多湾が見えた。

時刻は九時ちょうど。絵梨は一つ深呼吸をすると、広いラウンジに足を踏み入れた。まだ朝の時間帯だが、席は七割がた埋まっていた。見ると、客の半分は外国人のようだ。もっとも、アジア人の場合は、日本人と見分けがつかない場合があるので、外国人の比率はもっと高いのかもしれない。

絵梨は、束の間戸惑った。戸郷からは、相手は外国人で日本語ができないということしか聞いていない。しかし、これだけ外国人が多いと、誰が取引相手なのか見ただけではわからない。

ひょっとしたら、戸郷は、何か相手方を特定する方法——たとえば一番奥の席に座っているとか、英字新聞を机に置いているとか——を聞いているのかもしれないが、それを戸郷に尋ねるわけにもいかない。

しかたない。あれを使うか……。

絵梨はバッグから折りたたんだ紙を取り出した。それは、昨夜、部屋にあったカレンダーを一枚破いて作ったメッセージボードだ。そこには、大きな字でこう書いてある。

——My name is YUKI TOGO.

絵梨は、そのメッセージを胸の前に掲げて通路を歩いた。

奥のテーブルに向かっているときに、反応があった。ラウンジの一番奥、窓際の席に座っていた白いスーツ姿の男性が立ち上がって手を挙げている。

みっけ！

絵梨はメッセージをバッグにしまうと、満面の笑みを浮かべてその男性に近づいた。

待ち合わせの相手は、短い金髪を撫でつけた欧米系の外国人で、年のころなら四十代前半。背が高くすらっとした体型だが、一番絵梨の目を引いたのは、ハリウッドの映画俳優に似たその顔立ちだ。

すごいイケメンやん！

絵梨は最高の笑顔で手を差し出した。

「Nice to meet you」

相手の男は、微笑みながら絵梨の手を強く握った。

「Nice to meet you」

次に、絵梨はバッグから名刺を取り出した。それは、昨日、戸郷からもらった名刺だ。英語表記の方を上にして差し出す。戸郷の本物の名刺なので、会社名や肩書が間違っているはずはない。問題は、絵梨が女性であることを、相手がどう思うかだ。絵梨は脇に冷たい汗が流れるのを感じた。

男は、その名刺を吟味するようにじっくりと眺めていたが、やがて再び笑顔を見せて、小さくうなずいた。

よし！　絵梨は心の中で叫んだ。やはり、戸郷の性別は相手方には伝わっていなかったようだ。

男は、スーツの内ポケットから銀色に輝く名刺入れを取り出すと、一枚抜いて絵梨に差し出した。

英語で書かれた役職名は分からなかったが、とりあえず名前をローマ字読みする。

「みすたー、めり……はあむ？」

「メリハン・エルデム」

男が微笑みながら言った。これが名前のようだ。

「おー、メリハン。あいどんすぴーくいんぐりっしゅ」

するとメリハンは、白い歯を見せてははは と笑うと、絵梨にも聞き取れるほどのゆっくりとした英語で、

「Don't worry. We have……」

と言って、胸ポケットからスマートフォンを取り出すと、絵梨の目の前で左右に振った。

「オーケー、オーケー」

通訳はスマートフォンがしてくれるということだ。便利な世の中である。

絵梨は、メリハンと向かい合わせに座ると、早速スマートフォンの翻訳アプリを起動した。

本来ならコーヒーでも飲みながら、というところなのだろうが、あまりゆっくりもし

ていられない。戸郷の乗ったバスはこちらに近づいている。何かのはずみで、バスが早く着いて、戸郷がこのホテルに現れないとも限らない。とにかく、早く要件を済ましてホテルから逃げ出すにしくはない。あいさつ抜きで、さっそく本題に入ることにした。

「実は、会社の概要説明の資料を忘れてしまいました」

絵梨はスマートフォンに向かってそう言うと、画面をメリハンに差し出した。

英語で翻訳された画面を見たメリハンが小さくうなずくのを確認して、絵梨は再び自分のスマートフォンに口を近づけた。

「でも、資料のデータはありますから、それをお渡しします」

スマートフォンの画面をメリハンに向けると、メリハンが大きくうなずいた。それから、自分のスマートフォンに向かって外国語で何事か話すと、その画面を絵梨に向けた。

――わかりました。そのデータをください。

「おーけー」

バッグからＵＳＢメモリを取り出して、メリハンに差し出した。これは、自宅にあった新品のＵＳＢメモリに、昨晩、ＩＴＯ社のホームページのデータを適当にコピーしたものだ。もちろん偽物だが、それがわかるころには、絵梨はこの近くにはいない。そして、絵梨が何者なのかもわからない。

メリハンは、USBメモリを受け取った。再び、スマートフォン向かって何かを話す。

差し出す画面を見ると、

――大河内さんに、渡してほしいものがあります。

と表示されている。

よし。きた！

しかし、そんな思いはおくびも出さずに、絵梨は小さくうなずいた。すると、メリハンは足元に置いていた大きなアタッシュケースを膝の上に乗せ、ぱちんと留め金を外した。バッグの中から、A四版のパンフレットと博多通りもんの箱を取り出してテーブルの上に置く。さらに、白い紙袋を取り出し、それもテーブルの上に置くと、アタッシュケースの留め金をかけ再びテーブルの下に置いた。

メリハンは、ゆっくりとした動作でパンフレットとお菓子の箱を紙袋に入れて、絵梨の方に差し出した。

それから、自分のスマートフォンに向かって何事か話す。

――これは私の会社の資料とお土産です。大河内さんに渡してください。

「おーけー、おーけー」

絵梨は差し出された土産の入った紙袋を受け取った。これで取引終了。メリハンにしても、もう用はないはずだ。こうなったら長居は無用だ。

絵梨が席を立とうとする気配を察したのか、メリハンが手で絵梨の動きを制した。

何ごとかと思ったら、メリハンは、名刺入れから再び自分の名刺を一枚取り出すと、ワイシャツの胸に挿していたペンを抜いて、名前の下にスラスラとメッセージを書いている。

メリハンがそのメッセージの入った名刺を絵梨に差し出した。

絵梨が受け取るのを待って、メリハンがまたもやスマートフォンに向かって何事か話しかけた。

――このメッセージも、大河内さんに渡してください。

そう表示されたスマートフォンの画面を差し出すメリハンは、にやにやとした嫌な笑いを浮かべている。名刺には何か英語が書いてあるが、絵梨には、それがどんな意味なのかわからない。

「おーけー、おーけー」

それだけ言うと、今度こそ席を立った。

絵梨が手を振ると、メリハンも椅子に座ったまま手を振り返した。その顔にはあいかわらず、嫌な笑いが張り付いている。

「ばい、ばーい」

あまりいい気持ちはしなかったが、用事はこれでおしまいだ。絵梨はくるりと回ってメリハンに背を向けると、早足にラウンジを出た。

とにかく早くこのホテルから離れなければならない。

ビジネスバッグを肩にかけた絵梨は、お土産の入った白い紙袋を右手に下げて、エスカレーターを駆け下りた。入ってきたときと同じ一階玄関から外に出る。大股でホテルの前の歩道まで行くと、福岡ドームの方向に向かって早足で歩き始めた。その時になって、背中に汗が噴き出してくる。

バッグからスマートフォンを取り出して着信を確認する。いつの間にか戸郷からショートメールが届いている。急いでメールを開こうとしたとき、すぐにまた戸郷からメールが届いた。

時刻は九時十七分。そのメールによると、戸郷のバスは近くまで来ているようだ。歩きながら、絵梨は返信メールを作成した。

もう戸郷に不審を抱かれてもかまわない。とりあえず、戸郷には終点の福岡タワーまで行ってもらおう。あとは知らない。絵梨は送信ボタンをタップした。

絵梨が、福岡ドームの前を通り過ぎたちょうどそのとき、向かい側の車線に福岡タワー行き一五番系統のバスがやってきた。その一番前の席には、見覚えのあるぼーっとした顔の男が……。

戸郷ちゃん。ばいばーい！

絵梨は、遠ざかるバスに向かって、小さく手を振った。

3

「で、最寄りのバス停からバスに乗って、ここまで帰ってきたわけ。これで話はおしまい」

すべて話し終わった絵梨は、恨めしげな目を奈々子に向けた。

「あーあ、まったく……。気づいたの奈々ちゃんなんやろ？」

奈々子が苦笑しながら肩をすくめた。それは、イエスということだ。やはりそうだ。昨日、話をした感じでは戸郷にこんなからくりが見破れるはずがない。

「なんで、奈々ちゃんが戸郷ちゃんと一緒におると？」

「ももち浜の海岸を散歩していて、偶然戸郷さんに会ったんです」

そういえば、奈々子から、いつも福岡タワー近くの海岸を散歩していると聞いていたのだ。こんなことなら、戸郷には、福岡市動植物園にでも行ってもらえばよかった。

そんな絵梨の後悔も知らず戸郷が不機嫌な口調で言った。

「お土産、返してもらえないかな」

「はいはい。わかっとう」

しかたなく席を立つと、絵梨は、寝室からホテルで渡された紙袋を持ってきた。

「はい。通りもんの袋は破っとうけど、中身はさわってないけん」

戸郷は、絵梨が差しだした紙袋をひったくるように奪うと中身を取り出した。

包み紙のはがされた博多通りもんの箱、A四版の紙に両面印刷された会社のパンフレット、大河内あてのメッセージが書かれた名刺、がダイニングテーブルの上に広がる。

戸郷が、博多通りもんのふたを開けた。そこには、個包装されたまんじゅうが十六個、整然と並んでいる。

それを見た戸郷が眉を寄せた。

「中身はこれだけ？」

「そうよ」絵梨はぶっきらぼうに答えた。「ほかに何が入っとうと思ったと？」

しゃくに触るが、残念ながら博多通りもんの箱の中には、本当に、まんじゅうしか入っていなかったのだ。

絵梨の返事を聞いて、戸郷と奈々子が顔を見合わせた。

「お金か何か、入っとうと思った？」

絵梨の問いに戸郷があいまいにうなずいた。

「残念でした。まんじゅうだけなんよ。つまり、あたしは、まんじゅう泥棒ってことやね。ほんとにばかばかしい」

まったく、くたびれもうけだ。あれから絵梨は、急いでマンションの部屋に戻ると、寝室に飛び込み、わくわくしながら博多通りもんの包み紙を破いてふたを開けた。

そこには、一万円札の束が入っている……はずだったのだが、どこをどう探しても箱の中には博多通りもんしか入っていなかった。小切手が箱の裏に張り付けてあるのでは、あるいは価値のあるトレーディングカードか何かがどこかに隠してあるのでは、といろいろ調べてみたが、まんじゅうのほかは何も入っていない。

そのとき絵梨は気づいたのだ。自分がとんでもない間違いをしでかしたことに。なんのことはない。大河内は情報を売ったりしていなかった。単に若手社員を福岡に送って楽しませてやりたかっただけなのだ。

一度は、この金で窮地を脱することができると喜んだだけに、失望も大きかった。

何をする気にもなれず、ベッドで頭から布団をかぶっているときに、玄関のチャイムが鳴ったのだった。

まんじゅう泥棒を告白したことで絵梨は少し心が軽くなった。やったことは悪かったにしても、奈々子も、まさかこんなことぐらいで自分を警察に売るようなまねはしないだろう。

「向こうの会社の人は、あたしのことを戸郷ちゃんだと思ったみたい。あたしが渡したＵＳＢには、ＩＴＯ社のホームページから適当にコピペしたファイルが山ほど入っとうけん、戸郷ちゃんが、後で、あれは間違いでしたって訂正して、本物のＵＳＢを渡してくれたら誰にもわからんよ。そして、あたしがもらった博多通りもんを大河内さんに渡せば万事おしまい」

絵梨はことさら明るい口調でそう言ったが、戸郷と奈々子は厳しい顔のままである。

「どうしたと？　二人とも深刻な顔して。まさか、博多通りもんを代わりにもらったくらいで、警察に訴えたりせんよね。あ！　そうか。通りもんの包装紙を破ったもんね。いいわ。あたしが同じものを買ってあげる。それでいいやろ？」

「そんなはずはないんです」突然、奈々子が口を開いた。

「え？」

首をかしげた絵梨に奈々子は驚くべきことを告げた。

「大河内さんはＩＴＯ社の技術情報をアナトリアトレーディング社のアロンという人物に売っていました。今回はその取引に戸郷さんが利用されたんです。ですから、ママがもらったお土産の中には、大河内さんへの謝礼が入っているはずなんです」

「何言いようと、奈々ちゃん……」

混乱する絵梨に戸郷が重ねて言った。

「奈々ちゃんの言うとおりなんだ。それに、ママがもらったお土産の中に金が入ってないと。僕が困るんだよー」

戸郷が「ハ」の字に眉を下げて続けた。

「あれから僕がどれだけひどい目に遭ったか、聞いてよ……」

絵梨は、戸郷の話を、半分口を開けながら聞いた。それほど、突拍子もない話だったからだ。絵梨に騙されて福岡タワーに行った戸郷が、あの後そんな目に遭っていたとは……。

「……というわけで、タワーの近くでタクシーを拾って、ここまで来たんだ。こうなったのも、ママのせいだからね。どうしてくれるのさ！」

戸郷が今度は眉を逆「ハ」の字に吊り上げて詰め寄る。

絵梨はそんな戸郷を改めて観察した。くたびれたスーツ。寝ぐせではねた髪。まぬけそうな顔。それは昨日と同じだが、さらに今日は、とことんついてないオーラもまとっている。自分も今日はついていないが、戸郷には負けるかもしれない。助けてあげたいとは思わないが、少しかわいそうではある。

絵梨は、奈々子に向かって聞いた。

「もし、本当に、奈々ちゃんと戸郷ちゃんの言うとおりやったとすると、この大河内さんへのお土産はどういうことなんやろうね……？」

「それなんですよねー」奈々子が首をかしげる。「大河内さんは技術情報と謝礼とを物々交換していたと思うんです。そうだとすれば、ママが預かったお土産の中に、謝礼が入っていないとおかしいんです」

「それを、アロンに返さないと、うちの奥さんと娘の命が危ないんだよ。なんとかして、見つけないと」

戸郷は切羽詰まった様子だ。

絵梨も、もちろん戸郷に協力するつもりだった。戸郷のためというより、自分のやったことをうやむやにしたい。

「じゃあ、やっぱりこの中に大河内さんへの謝礼が隠されとうとかな？」

絵梨は改めて、机の上に広げられた紙袋の中身に目をやった。博多通りもんの箱、パンフレット、名刺。通りもんの箱は、さっき隅ずみまで調べたが、まんじゅう以外は入っていない。では、残ったものの中に隠されているのか？

一つはA四版の紙にカラーで両面印刷された会社のパンフレットだ。海外の街にそびえる背の高い建物が背景に印刷され、その前面に、おそらく会社の概要なのだろう、英語でいろいろ書いてある。下の方にはホームページのＵＲＬとＱＲコード、そして会社の住所と電話番号が印刷してあった。裏面には、なんの意味があるのかはわからないが、どこかの国の半導体工場と、発電所や港などのインフラが写真と文で紹介されていた。

もう一つの名刺の方は、相手方の会社名と肩書、名前。下の方に、住所とＥメールアドレスが載っている。その余白には、イケメン外国人のメリハムが大河内にあてたメッセージが残っている。それは、こんなメッセージだった。

——Thank you for sending me your staff who doesn't speak English. JK04！

意味は分からないが、お金のありかが書かれたものではないことぐらいは絵梨にもわかる。

それにしても、さっきから戸郷のスマートフォンが何度も震えているのが気になる。着信は無視するものの、戸郷は、ときおりスマートフォンをとり出して何か確認しているようだ。

「戸郷ちゃん、気になるんやったら電話に出たら？」

「いいよ。例の公安調査官からだから」

そう言って、戸郷は再び通りもんの箱を調べ始めた。一方、奈々子は会社のパンフレットと名刺を交互に見比べている。

奈々子が会社のパンフレットに目を落としたまま絵梨に言った。

「このQRコード、調べてみました？」

「調べてみた。ひょっとしてお金の隠し場所か何かが出てくるんやないかと思って。でも、スマホで読もうとしても反応せんけん、たぶん偽物と思う。それより、名刺に書いてあるその英語のメッセージって、どんな意味なん？」

「ああ、これですね。本文は『英語を話せないような部下を送ってくれてありがとう』です」

メリハムはそんな失礼なメッセージを書いていたのか。あの、嫌な笑いの意味がようやくわかった。

「じゃあ、最後の『JK04』は？」

「JKは、確かメールなんかの最後につけるスラングで『Just kidding』の略――つまり、『冗談だよ』ってことですね。でも、そのあとの『04』はなんでしょう？」

「JK04でスラングなんやないと？」

絵梨が聞くと、奈々子はバッグから自分のスマートフォンを取り出して、検索を始めた。

「やっぱり、スラングなら『ＪＫ』だけでいいようです。とすると、この『０４』には別の意味があるのかもしれませんね」

スマートフォンを操作しながら奈々子が言う。

「わかった！」

絵梨たちの話を隣で聞いていたのだろう、戸郷が大声をあげた。

「なにがわかったんですか」

奈々子の問いに、戸郷は得意気に言った。

「ＪＫ０４の意味だよ」

「本当に？」絵梨は疑わしそうな目を戸郷に向けた。

「本当だよ。ほら、『ＪＫ』は女子高生のことじゃない。そして『０４』は人数。つまり、女子高生が四人っていう意味じゃないかな」

戸郷は胸を張ったが、その答えが絶対に違うことだけは絵梨にもわかる。奈々子も、あきれたような顔をして横目で戸郷を見ている。

「なにかおかしなこと言った？」気配を察したのか、戸郷が絵梨と奈々子を交互に見ながら小声で聞いた。

「女子高生の四人組と、大河内部長への謝礼とは、どうつながっとうと？」

絵梨が問い詰めると、戸郷は頭を掻いた。

「いや、それは……。僕は、ＪＫ０４の解釈の例を示しただけで……」最後は小さな声になる。

すると、奈々子が細い顎に親指の先を当てて口を開いた。

「でも、戸郷さんの言うことにも一理あります。『０４』ではなく『ＪＫ０４』に意味があるのかも……」

そう言われて、絵梨もスマートフォンで検索してみたが、「ＪＫ０４」で出てくるのは、何かの部品の型番と女子高生ばかりだ。

「でも、あたし、これってどこかで見たような気がするんですよねー」

奈々子が必死に何かを思い出そうとするようにうつむいた。しばらくして――。

「そうだ！」奈々子が顔を上げた。「『ＪＫ０４』って、筑肥《ちくひ》線の駅番号です」

「筑肥線って、ＪＲ九州の路線のこと？」

「そうです。あたし、毎日その筑肥線の電車で通学してるんですよ」

確か、筑肥線は博多から唐津に向かう路線だったはずだ。絵梨はスマートフォンでJR九州の路線図を検索した。それによると、確かに「JK」は筑肥線を示しており、「JK04」に該当する駅は――。

「もう、あたしったら……」絵梨の向かいでスマートフォンを操作していた奈々子が天を仰いだ。「見覚えがあるはずです。『JK04』は、あたしがいつも乗り降りしているK大学研都市駅の駅番号ですもん」

「でも、これが駅番号だとしても、それだけじゃお宝のありかにはならないよね。駅前に不動産でもあって、その権利証とかならともかくさ」戸郷が口をはさんだ。

それはそうだが、それにしてもお宝のありかっていう表現はどうなのかなー。駅に宝箱でも隠してあるってこと?

そのとき、絵梨の頭の中で、宝箱のふたを開けるイメージが、あるものと重なった。

「あ!」絵梨は大声をあげた。「さっきのQRコード。あれって、コインロッカーの鍵やない?」

ICコインロッカーならQRコードが鍵がわりになる。謝礼の金を駅のコインロッカーに隠しておき、USBメモリと引き換えに、駅番号とロッカーを開けるのに必要となるＱＲコードを渡せば物々交換が成立する。

もしそうなら、駅番号をメモ書きにして渡した理由もわかる。これなら、取引相手に、むりやりＱＲコードを奪われても金は安全だ。相手方が約束を守った場合だけ、駅番号をメモに書いて渡せばいい。考えれば考えるほど、この考えに間違いはないように思えた。

すると、奈々子が興奮したような顔で絵梨に同意した。

「きっと、そうですよ。Ｋ大学研都市駅は小さな駅ですから、確かコインロッカーも一か所しかなかったはずです。この会社のチラシがコインロッカーの鍵で、名刺のメモがロッカーのある駅番号だとすれば、この二つがそろえばロッカーを開けて中のものを取り出せます」

「つまり、大河内部長への謝礼はＫ大学研都市駅のコインロッカーに入っとうってことよね。でも、なんでそんな面倒なことをしたんやろ？」

絵梨は腕組みをしながら首をかしげた。

「額じゃないですか」奈々子が突然言った。

「額？」絵梨は思わず復唱した。

「大河内さんの指示で福岡に出張したＩＴＯ社のみなさんは、全員、ＵＳＢを相手に渡して、代わりに大河内さんへのお土産として博多通りもんの箱をもらって帰ってきたって、ママはさっきそう言ってましたよね」

「うん。そうやけど」

絵梨の答えに満足げにうなずくと、奈々子は続けた。

「大河内さんとアロンが部下を使って物々交換で取引を行っていたとすると、これまでは、ＵＳＢの中に情報が入っていて、博多通りもんの中にお金が入っていたと考えるのが自然です。

でも、今回は違います。通りもんの箱の中には何も入ってなくて、代わりに、コインロッカーのＱＲコードと駅の場所を示すメモが添えてありました。

そのことは、今回の謝礼が通りもんの箱に入りきれないような額だったからアロンはコインロッカーに預けた、そして、そんな大金だからこそ、すぐに隠し場所がわからないように、暗号のような形でＱＲコードと駅番号を渡した、こう考えれば納得できます」

「通りもんの箱に入りきれんでロッカーに隠すって、どれぐらいの額なんやろ？」絵梨は目を輝かせた。

「博多通りもんもいろんなサイズがありますけど、大きいのでいうと、確か四十個入りの木箱もあったはずです。それに、通りもんにこだわらなくてよければ、大きな箱に入ったお土産はいろいろあるはずです。それにも入りきれない額というと……」

奈々子の言葉を戸郷が引き継いだ。

「何千万単位の額だろうね。いや、もしかすると一億もあり得るかも」

一億！　絵梨は目を見張った。

次の瞬間、戸郷がすっくと立ちあがった。

「行こう」

「どこへ？」

絵梨の問いに、戸郷は厳しい顔つきで絵梨を見下ろした。

「決まってるじゃない。その、学研なんとか駅だよ」

「行ってどうするん？」

すると、戸郷がじれったそうに身をよじった。

「会いに行くんだよ、アロンってやつにさ。さっき、公安調査官の高野さんが言ってたんだけど、エンパイヤホテルでアロンらしき人物が目撃されてるんだ。つまり、アロンは、今、福岡にいる。

アロンはママに騙されて偽物のＵＳＢを渡されたんだよ。当然、金を回収しようとするはずじゃない。きっとアロンは、金を預けた駅のコインロッカーに現れるはずだ。だから、こっちが先に金を手に入れて待ち伏せできれば、そのとき、僕と家族に手を出さないよう交渉ができるかもしれない」

「でも、アロン本人が現れるとは限りませんよ。ほかの誰かに金の回収を頼んでいるかもしれないじゃないですか。例のやくざの二人組とか」と奈々子が言った。

しかし、戸郷は人が変わったかのように理路整然と奈々子に反論する。

「金の回収をやくざに頼んでいるとは思えない。だって、今回の謝礼は、コインロッカーに入れなきゃならないくらいの大金なんだよ。金を持ち逃げされると困るから、金を入れるのも回収するのも本人が直接やっていると思う」

なるほど。絵梨はひとまず納得した。一億円もの金となれば、事情を知らない部下や、ましてや、やくざに任せるわけにはいかないだろう。戸郷の言うようにそのロッカーにアロン自身が現れる可能性は高い。しかし……。

絵梨はリビングにかかっている掛け時計を見上げた。葉っぱの形をした針が差している時刻は、午前十一時十五分過ぎだ。

「でも、今からコインロッカーに行っても間に合うと？」

すると、戸郷が、謎解きをする探偵さながらに、絵梨と奈々子が座るテーブルの周りを歩き始めた。

「ママが偽物のUSBをメリハンに渡した後、アロンはすぐにそれを受け取ってホテルの部屋で中身を確認してみたと思うんだ。そこには専門家が一緒にいたのかもしれない。その結果、USBの中に欲しい情報が入っていないことがわかった。その後、すぐに大河内部長に連絡したはずだ。それで大河内部長は事情を確認するために僕に電話をしてきた」

ここで戸郷は自分のスマートフォンを取り出して画面を見た。

「大河内部長から最初の着信があったのは九時四十分。そのとき、アロンはまだエンパイヤホテルにいたはずだ」

戸郷が、再び自分のスマートフォンを確認した。

「それで、僕が大河内部長の電話に出たのが十時。その時点で、大河内部長は、USB

を取引相手に渡したのが僕じゃないことを知った。その後、大河内部長がアロンに連絡して、アロンも、初めて、今回の事件は手違いなんかじゃなく、誰かが意図的にやったことだと気づいたはずだ。アロンは、急いで金を回収しなければいけないと思って、すぐにホテルを出たとすると、出発は、だいたい十時十五分ぐらいかな。誰かに顔を見られたくないから、きっと車でそのK大学研都市駅に向かったと思うんだよね。エンパイヤホテルからだと、そこまで車でどれくらいかかるの？」

「うーん、都市高速を使えば、三〇分かからんくらいやろうね」

絵梨が答えると、戸郷は頭の中で足し算をしているようだった。

「えーと、そうすると、十時十五分ごろホテルを出たとして、十時四十分ごろにK大学研都市駅の近くに着いて、それからコインロッカーに行って金を回収したとして、十時四十五分。それで……」ここで戸郷は自分の腕時計を確認した。「今は十一時十七分だから……ああ、もう回収されてるね」

戸郷は、はたから見ていてもかわいそうなくらい、がっくりと肩を落とした。絵梨は、ここまで、自分で言った言葉に自分で落ち込む人を初めて見たような気がした。

そんな戸郷を元気づけるように、奈々子の明るい声が響いた。

「まだ可能性はありますよ」

見ると、奈々子がスマートフォンを見ながら微笑んでいる。

「戸郷さん、室見川沿いの遊歩道のベンチに座って話をしていたとき、サイレンの音がしたのを覚えてます？」

「サイレン？」

「ほら、都市高速を、パトカーや救急車が何台も走っていったじゃないですか。それで、調べてみたら、十時二十分過ぎに、愛宕インターの近くで大きな事故があって、都市高速は今でも大渋滞らしいですよ」

都市高速道路の最大の弱点は事故だ。当たり前だが逃げ道がどこにもないので、渋滞にはまったら動きがとれない。絵梨も何度か事故渋滞に巻き込まれてひどい目に会っている。

エンパイヤホテルから学研都市駅に車で向かう場合は、百道ランプから都市高速に乗って愛宕ランプ方面に進むことになる。この、百道——愛宕ランプ間には見通しのよくない大きなカーブがあり、事故多発地帯として有名だ。今回もそこで事故が起きたのなら、アロンが事故渋滞に巻き込まれた可能性はある。もしそうだとすると、一～二時間くらいなら高速道路上で身動きが取れなくなっていてもおかしくはない。

「さっき戸郷さんが言ってた時間にアロンがホテルを出発したとすると、ちょうど、事故が起こったころに都市高速に入ったはずです。まだチャンスはあるかもしれません」

奈々子がはずんだ声で言った。

それを聞いた戸郷の顔がぱっと明るくなった。

「そうだね！　よし、とにかく、行ってみよう」

戸郷は、ＱＲコードが印刷された紙を折りたたんでスーツの内ポケットにしまうと、勇んで玄関に向かいかけた……のだが、途中で立ち止って絵梨たちの方を振りむいた。

「ところで、Ｋ大学研都市駅って、どうやって行けばいいの？」

こんなので本当に大丈夫なのか……？　あきれ顔で戸郷を見ながら、絵梨は胸騒ぎがして、しかたがなかった。

四　大河内省吾《おおこうちしょうご》の災難

1

戸郷たちが絵梨のマンションで謎解きをしていたころ、福岡タワーの近くにある小さな公園のベンチに一人の中年男が座っていた。

グレーのズボンに白い長袖のポロシャツという冴えない姿で、ぺしゃんとつぶれた大きなボストンバッグを膝の上に置いている。

この男、株式会社ＩＴＯ社の開発部長、大河内省吾である。

「戸郷のまぬけめ」

大河内は吐き捨てるようにつぶやいた。

こんな簡単なお使いもできないなんて、あきれたもんだ。しかも、今は行方不明ときた。そのために、俺がどれだけ迷惑しているか。

大河内は、ベンチに座ったまま背中をそらせて、空を見上げた。雲一つない青空だ。五月の日差しがまぶしい。こんなに天気がいいのに、心の中はどんより曇ったままだ。

「まったく、あのまぬけが」

大河内はもう一度つぶやいた。

なんとかして、アロンとの関係を修復しなければならない。そうしないと、自分の身が危ない。考えるともなしに、大河内はアロンと会った日のことを思い出していた。

*

その日、大河内は、都内のホテルで開催されたＩＴ系大手企業の創立五十周年パーティーに社長の伊藤と一緒に出席していた。

長いあいさつの後で乾杯となり、顔の広い伊藤は、さっそくあちこちのテーブルを回って談笑している。しかし、ここ数年、表舞台に出ることの少なかった大河内には、あまり知り合いがいない。それに、伊藤とは最近うまくいっていないので、その後ろをついてまわるのも面白くない。

しかたなく、壁際に置かれた椅子に座って、ちびちびワインを飲んでいると、一人の男が近づいてきた。茶色い髪を横分けにして黒縁の眼鏡をかけている。彫の深い顔立ちで、顔の真ん中に乗った大きな鼻が印象的だ。仕立ての良いストライプのスーツがよく似合っていた。

その男は少しイントネーションのおかしい日本語で大河内に話しかけてきた。

「ＩＴＯ社の大河内さんですか？」

「はい」

大河内がうなずくと、男はスーツのポケットから名刺を取り出して、大河内に差し出した。

「わたし、アロン・イバネズいいます」

名刺に書かれた肩書を見ると、アナトリアトレーディング社のエグゼクティブディレクターだ。会社の名前は知らなかったが、エグゼクティブディレクターといえば、重役であることは間違いない。

大河内は改めてアロンの顔を眺めた。特徴のある顔立ちなので、どこかで会っていれば覚えているはずだが、やはり、その顔に見覚えはない。

大河内は、自分の名刺を渡しながら尋ねた。

「申し訳ない。どこかでお会いしましたか」

するとアロンは笑顔を見せた。

「いいえ、今日がはじめてです。でも、大河内さんの名前は聞いていました。半導体設計分野では第一人者だと」

「それは恐縮です」

大河内は頭を掻いた。相手が誰であっても褒められれば悪い気はしない。それに、知った顔がなく肩身の狭い思いをしていただけに、声をかけてもらって正直うれしかった。

アロンは、次に自分の素性を語った。

「わたし、もとはベルギーにあるベンチャー企業にいたのですが、今は、アジアのＩＴ企業向けにコンサルティングしています。ベルギーでは、アイメックにもいました」

「ああ、そうですか。それはすごい」

大河内は素直に感心した。アイメックは世界的に有名な半導体関連の研究開発機関だ。

「大河内さんの、新しい半導体の設計手法に関する論文読んだことあります。大手企業が開発を独占する特別なツールを使わずに、半導体を設計できる新しい手法というのは、時代を先取りする考え方です。本当にすばらしいです」

アロンが小さく手をたたいた。

「いやあ、それほどでも」

大河内がその論文を書いたのは、もう十年以上前だ。自分では結構自信があったのだが、当時の学会ではそれほど評価されることはなかった。今回、初めて正当な評価を受けたような気がした。

「いえ、ほんとのこと。今日の出会いに乾杯しましょう」

アロンが赤ワインの入ったグラスを掲げた。大河内は、自分のグラスを軽く合わせた。

「乾杯」

それから、大河内はアロンと、たわいもない話をした。仕事についての話は一切せず、日本の食べ物や女性の話で大いに盛り上がった。いつの間にか、主催者のお礼のあいさつがはじまり、パーティーはお開きとなった。

別れ際、アロンは大河内の手を強く握ってこう言った。

「今日は楽しかった。また、連絡してもいいですか」

「もちろんです。また会いましょう」

大河内もアロンに負けないほど強く、その手を握り返した。

翌日、アロンからお礼のメールが届いた。メールの最後に、また食事に行きましょうと書いてあったので、大河内も軽い気持ちで是非行きましょうと返信したのだが、その翌週に、アロンから本当に誘いのメールが届いた。

こうなると断るわけにもいかず、約束の日時にアロンの指定した都内の店に行った。暖簾《のれん》をくぐって初めて、大河内は、そこが有名人も通う高級寿司店だということに気づいた。

大河内はどぎまぎした。普通に食事をするだけでも三万円はくだらないだろう。会社の経費で落とすには額が大きすぎる。そうなるとポケットマネーで払うしかない。

そんな大河内の心配を察したのか、カウンターで隣に座っていたアロンが笑いながらこう言った。

「今日はわたしのおごりね。うちの会社、儲かってるから大丈夫」

「しかし……」

「気にしない。心配しなくても私のお金じゃないね。楽しくやりましょ」

そう言われてしまえば、席を立つわけにもいかない。迷いながらもアロンの世話になることにした。

そのあと、アロンはもう一軒と言って、大河内を高そうなラウンジに案内した。結局、その店もアロンの世話になったのだが、大河内は、久しぶりにきれいな女性に囲まれ、楽しい時間を過ごしたのだった。

それから、月に何度かアロンと会うようになった。

もちろん、大河内も日本の技術情報を狙う国家や企業が存在することは承知していた。だからアロンのことを警戒しなかったわけではない。ただ、調べた限り、アナトリアトレーディング社は実在しているし、アロンという人物がエグゼクティブディレクターであることも間違いないようだ。それに、大企業ならともかく、ＩＴＯ社のような中小ベンチャーまで標的にされるとは思えなかった。そしてなにより、大河内の方に、リスクを冒しても、アロンとの関係を深めたい事情があったのである。

大河内は、工学部の修士課程を卒業後、国内大手半導体メーカーに就職した。それが一九九〇年代初頭のことである。そのころすでに日本の半導体産業には陰りが生じていたが、その後、一時は世界一のシェアを誇った日本の半導体産業は急な階段を転げ落ちるように凋落していった。

大河内の会社も台湾や韓国の企業に仕事を奪われ、その都度、半導体部門の事業縮小と切り売りを繰り返した。所属は開発部だったが、大河内の主な仕事は半導体の設計ではなく、事業整理だった。

もっとも、そのおかげなのか、同期入社の同僚が毎年リストラされる中、大河内は必要な人材――事業を切り売りするためにだが――として会社に残ることができた。

それでも最後のときはやってくる。すべての半導体部門を売り払ったとき、大河内の仕事はなくなった。それが十年前のことである。その年の人事で、大河内は会社から、早期退職か子会社の工場勤務か、いずれかを選ぶようにと通告された。

そんなとき、声をかけてくれたのが伊藤だった。伊藤は大学時代の研究室の後輩だが、半導体の設計に関する才能は群を抜いていると当時の担当教官から聞いた覚えがある。

伊藤も、最初は大河内と同じように大手半導体メーカーに就職したのだが、早々に退職して自分の会社を設立していた。伊藤が始めたのは、半導体の設計だけを行い、生産ラインを持たない、いわゆるファブレス企業だ。

　現在、半導体の世界では水平分業が進み、ＴＳＭＣのように半導体チップを製造するファウンドリーと、ＮＶＩＤＩＡのように半導体の設計だけを行うファブレスに二極化しているが、伊藤は、そんな時代の到来を予見していたのだ。もっとも、伊藤が設立した株式会社ＩＴＯ社も最初から順風満帆だったわけではない。いくら伊藤が優れた開発者だったとしても、経営がうまくいっていなければ、開発に力を振り向けることはできない。十年前のＩＴＯ社は、まだまだ目先の仕事が欲しい時期だった。

　伊藤から声をかけられたのはそんなときだ。伊藤は、ＩＴＯ社の経営を立て直すため開発部長としてわが社に来てほしいと、土下座せんばかりに大河内に頭を下げた。

　これで半導体の世界に残ることができる。大河内は喜んで伊藤の申し出を受け入れた。しかし、伊藤が欲しかったものは、大河内の持っている知識や技術ではなかった。大手メーカー開発部にいたという肩書と、長い間に培ってきた国内外半導体関連企業との人脈だったのだ。

　大河内は、伊藤に請《こ》われるまま、半導体業界のキーパーソンと呼ばれる人物を伊藤に紹介した。そして、ＩＴＯ社のために、知り合いの企業を回って多くの仕事を取ってきた。そういう意味では、開発部長というより営業部長に近かったかもしれない。

大河内の努力の甲斐あって、ほどなくＩＴＯ社の業績は安定した。伊藤も思う存分開発に力を注ぐことができるようになった。そして五年前、ＩＴＯ社の開発した半導体チップが、世界的企業が販売するスマートフォンの部品として採用された。おかげでＩＴＯ社の年商はあっというまに三十億円を超え、社員の数も大幅に増えた。ＩＴＯ社は成長企業となったのだ。

しかし、そのころから、徐々に伊藤の態度が変わっていった。それをどう表現すればいいだろう。冷たくなった、無関心になった、そっけなくなった、どれも当たっているようで微妙に違う。ただ、その理由はわかっていた。伊藤は、大河内のことが邪魔になったのだ。

ＩＴＯ社は成長した。もう大河内の力は必要ない。そうなると、開発部長のポストを与えたままにする必要もない。伊藤はそう考えているのだ。

そして、昨年の社員面談のとき、大河内は、伊藤から別の会社で新しいことを始めてはどうかと言われた。つまりは、会社を辞めてくれということだ。困ったときは頼ってくるくせに、必要がなくなれば切り捨てる。伊藤の本質を見た思いがした。

大河内としても、こんな会社には一日も早く見切りをつけたかったが、今、ＩＴＯ社を辞めても、拾ってくれる会社があるかといえば、心当たりはない。かといって、新しい会社を立ち上げるほどの度胸もない。伊藤とうまくいっていないことは、社員もうすうす気づいているようで、会社にいても居心地が悪い。そんな大河内にとって、アナトリアトレーディング社のアロンは、次の仕事を探すうえでの大切な人脈なのだ。

大河内は、アロンに誘われるままに食事の回数を重ねた。

ただ、大河内としても、ごちそうしてもらうばかりでは気が咎《とが》める。三回に一回は大河内が店を決めて金も払ったのだが、そのときには、ずいぶん店の格が落ちてしまうのはしかたのないことだった。

それでもアロンは、大河内の招待を喜んでくれた。ただ、最初の店は大河内が支払っても、二件目は必ずアロンが案内する店に行くことになるので、結局のところ、アロンの支払額の方が大きくなるのだが、自分も金を出していると思えば、大河内の心も少しは軽くなるのである。

そんな関係が三か月ほど続いたある日。アロンに誘われて訪れたフランス料理店で、初めて頼みごとをされた。

「大河内さん、一つお願いがあります」

そう切り出したアロンから、ＩＴＯ社が保有する、ある技術についての説明資料を求められた。ただ、その資料自体は特別なものではなく、ＩＴＯ社の技術力をＰＲするため営業用に使っているもので、一度、アロンにも渡した記憶がある。

「あの資料は以前お渡ししましたが、もう一度欲しいんですか」

「ああ、資料はもらいました。でも、それをデータでほしい」

「そんなもの、何に使うんですか」

「あなたの会社の技術を、うちが知っているアジアの会社に紹介したい。そうすれば、大河内さんの会社も儲かる。わたしもマージンで儲かる。ウィンウィンね。でも、紙の資料を持ち運ぶの面倒だから」

アロンが欲しがっている資料自体は秘密にしているものでもなく、特に重要な情報が入ってるわけでもないので、データで渡すこと自体に問題はない。

「わかりました。明日、メールで送りますよ」

「いいえ、できればＵＳＢメモリでほしいけど、だめですか」

「どうしてUSBメモリで？」

「メールだと送受信のときにセキュリティ上の問題が発生する場合があるので、うちの社では重要なデータのやり取りは直接USBメモリで行います」

今は、安全に大容量のデータを送る方法もある。それに、そもそも今回の資料はデータ容量も大きくないし機密情報でもない。大河内が少し首をかしげると、アロンが言い訳をするように言った。

「なにせ、まだまだ発展途上の国にあるIT企業を相手にしているので、わが社のシステムも、相手企業のレベルに合わせるしかないのです。USBが一番安全で確実ね」

「そういうものですかね」

若干疑問は残ったが、これ以上追及するような問題でもない。「わかりました。ではUSBでお渡ししましょう」

「それに、そうしなければならないもう一つの理由があります」アロンが続けた。「例の資料の内容を、うちの社員に直接説明してほしいのです」

「説明ですか？」

要領を得ない顔をする大河内にアロンが微笑みかけた。

「実際に営業に回る社員に資料の内容を説明してUSBを渡してください。もちろん、説明するのは大河内さんでなくてもいいです。いや、むしろ別の人の方がいいでしょうね。互いのためにも」

アロンが最後は意味ありげに微笑んだ。

それは、自分たちの関係を誰かに知られない方がいいという意味だろうか。ひょっとすると、アロンはいずれ自分をアナトリアトレーディング社に引き抜くことを計画しているのかもしれない。もしそうなら、ここはアロンの言うことを聞いておく方がよさそうだ。

「わかりました。うちの若いやつを送りますよ。で、どこの誰をおたずねしたらいいですか」

「わたしの会社で、アジアの営業を統括しているのは福岡本部です。福岡まで来てほしいです。どうですか」

「福岡まで……」

こんなことのために、わざわざ部下を福岡に出張させるのは費用対効果が悪すぎる。普通なら、すぐに断るところだ。しかし、大河内は、アロンとの関係を壊したくなかった。それに、ここで頼みを聞いてあげれば、アロンとの絆がますます深まるような気がした。

　結局、大河内は、アロンの依頼を受け入れることに決めた。

「わかりました。ではそうしましょう」

「よかった。じゃあ、日時と場所は後で調整しましょう」

　話はそれで終わった。後から考えればこれがアロンの罠だったのだろうが、その時は気づきもしなかった。いや、正直に言えば、なんとなくひっかかるものを感じながら、ＩＴＯ社を辞めた後のことを優先して、あえて気にしないようにしていたのだ。

　後日、大河内のスマートフォンにアロンから日程調整のメールが届いた。なぜ、業務用メールじゃないのかとは思ったが、互いに個人の携帯番号やメールアドレスを交換していることもあり、それ以上深く考えることもなく対応した。

　福岡に送るのは会社の事情をよく知らない新人の部下にした。心のどこかに後ろめたい気持ちがあったからかもしれない。待ち合わせの時間と場所を部下に伝え、資料を相手方に説明してＵＳＢメモリを渡してくるよう指示した。

　その部下は、会社に戻ってくると、これを大河内に渡してほしいと頼まれたと言って、紙袋に入ったお土産を大河内に差し出した。それは、福岡のお土産では定番の「博多通りもん」の箱だった。包装紙の上には、アロンのメッセージが添えられていた。

——Please be sure to open the package yourself!

かならず自分で包みを開けてください、というメッセージをいぶかしみながら、大河内は、博多通りもんの包み紙を破って、ふたを開けた。すると、まんじゅうの上に定形郵便サイズの茶封筒が入っている。

いやな予感がして、大河内は、そっと社内を見渡した。幸い、みんな机上のパソコンに向かっており、大河内に注意を払うものはいない。

大河内は、素早くその封筒をスーツの内ポケットに突っ込むと、何食わぬ顔でトイレに立った。個室の方に入って、封筒の中身を確認する。案の状、一万円札が束になって入っていた。震える手で取り出して数えた。ちょうど五十枚ある。

つまり、これはアロンからの謝礼ということだ。大河内は、急いでトイレを出ると、ちょっと外に出てくると部下に言い残してオフィスを出た。エレベーターで一階まで降り、近くの公園まで急ぎ足で歩く。午前の勤務時間帯のせいか、オフィス街の小さな公園には誰もいない。大河内は、隅のベンチに腰を下ろすとスマートフォンでアロンに電話をかけた。

　大河内からの電話を待っていたかのように、すぐにアロンが出た。

「ああ、大河内さん。お久しぶりです。お土産は届きましたか」

「アロンさん、困りますよ、こんなことをされては」

　つい非難するような口調になった。

「なんのことですか」

「お金ですよ。あれはアロンさんが入れたんでしょう？」

　すると、電話の向こうのアロンはのんびりとした口調でこう言った。

「ああそのこと。大河内さんの口座わからないし、現金の方がいいと思ったのですが、なにか困りますか」

「私は、お金をもらうためにデータを渡したわけではありませんよ。それに、あの資料は誰にでも無料で渡しているものですから、お金はいただけません」

「それなら心配いりません。何かしてもらったら、お金払うのあたりまえ。いつものことなので、だいじょうぶ」

「しかし……」

「じゃあ、こうしましょう。その金で、次にわたしにごちそうしてくださいよ。それならいいでしょ?」

大河内が黙っていると、アロンはさらに続けた。

「べつに、へんな金ではなく、わたしの会社の正規の支出なので、好きにつかってください。もし心配なら、会社のみんなで分けてもいいです。どうしても、いらないということなら、どこかに捨ててください。それでは」

一方的に電話は切れた。あの調子では、返すと言っても受け取ってくれそうもない。ただ考えてみれば、大河内は別に秘密の情報を横流ししたわけではない。アロンがそう言うのなら受け取っておいてもいいのかもしれない。それに、この金でアロンを接待すれば、アロンにとっても悪い話ではない。いや、むしろ、そのことを期待して、謝礼をくれたのかもしれない。なんとなく、この考えは当たっているように思えた。

とにかく、この金のことは会社には秘密にしよう。博多通りもんだけ、みんなに配ろう。大河内は、やましい気持ちを振り払うように、早足で会社に戻ったのである。

二か月後、再び大河内はアロンから頼みごとをされた。今度求められた情報も大したものではなかった。それは、ＩＴＯ社がずいぶん前に開発したソフトウェアだったが、すでに陳腐化しており、今はサービスの対象にしていない。顧客から要望があったときだけ、無料で提供しているものだ。つまり、売り物にならない技術なのだが、アロンによると、アジアの特定の地域ではまだ需要があるとのことなのだ。

ちょっと躊躇はしたが、断ることはできなかった。そのころには、大河内とアロンは、親友といってもいいほどの関係になっていたからだ。一緒に酒を飲みに行くだけでなく、ゴルフにも行ったし、二人で旅行をしたこともある。会社の愚痴もずいぶん聞いてもらった。

「心配しなくて大丈夫。友人の大河内さんを困らせるようなことはしないから」

屈託のない笑顔でそう言われてしまうと、うなずくほかなかったのである。

今回も、前回と同様に福岡で受け渡しを行った。

取引に使う部下は変えた。今度は営業部に頼んで新入社員を貸してもらった。その新入社員は無事に相手方に自社の技術をプレゼンし、大河内が預けたＵＳＢメモリを渡してくれたようだ。その社員は知らなかっただろうが、実は、そのＵＳＢメモリの中には、カギのかかったファイルがこっそり入っており、そこにはアロンから頼まれた技術情報が入っていたのだ。

もちろん、今回もお土産に「博多通りもん」が大河内のもとに届けられた。箱の中には、前回同様、茶色い定形封筒が入っていた。トイレでこっそり中を確かめると、今度は百万円が入っていた。

アジア相手のＩＴコンサルタントはこの程度の技術でも金になるのかと、大河内はうらやましささえ覚えた。そうであるなら、自分ほどの知識と経験があれば、ＩＴＯ社を辞めても、アロンの会社で雇ってもらうことができるだろう。

ここを辞めて外資系の会社に移ると伝えたら、伊藤はどんな顔をするだろう。大河内を失うのが急に惜しくなって引き留めるかもしれない。そんな想像は大河内の心を軽くしてくれた。

こうなると歯止めがきかない。三度目にアロンから頼まれたときは、もう大河内は何も感じないようになっていた。そのとき求められた情報も大したものではなかった。今度は総務部の仕事のできない新人に福岡までお使いをしてもらった。いつものようにその新人が持ち帰った「博多通りもん」の箱の中には二百万円が入っていた。

そして先月――。大河内が、アロンと二人、行きつけのバーのカウンターでグラスを傾けていると、新たな頼みごとをされた。

「大河内さん、ＩＴＯ社が開発中の新しい半導体設計技術、ほしいです」

「それは、ＡＩをつかった半導体設計支援システムのことですか」

「そう、そう。よろしくお願いしますね」

アロンは軽い調子で言ったが、それは今まで求められた情報とはまったくレベルが違うものだった。

現在、半導体を設計するためには、広範な専門知識と専用ツールを使いこなせるスキルが必要となる。このため、これまで半導体を設計できるのは一部の専門家に限られていた。

このような現状を打破するため、ＩＴＯ社は、ＡＩを使うことで、プログラムを書くように誰もが簡単に半導体を設計できるシステムの開発を進めていた。この技術はあらゆる電子部品の可能性を大きく広げるだけでなく、世界のエネルギー危機を救うことができる画期的な技術だった。もともと伊藤が大学の研究室にいたときから取り組んでいたもので、二十年以上の開発期間を経て、最近ようやくプロトタイプが完成したばかりだ。

国からも多額の補助金をもらっており、外国企業に渡すことなどできるはずもなかった。大河内としても、この頼みばかりは承知することはできない。

「アロンさん、さすがにそれはだめですよ。現在開発中の半導体設計支援システムは、ＩＴＯ社が社運を賭けて開発しているもので、国からも補助金をもらっていますから、アロンさんだけでなく、どこの企業にも渡すことができないんです」

「そう言わないで。大河内さん、わたしとあなたの仲じゃないですか。お金も余計に払います。それにこれで最後にしますから」

「そう言われても、どうしようもありません」

大河内が拒絶すると、アロンは手に持ったロックグラスを振りながら提案した。

「こうしましょう。一億円払います。それならどうですか」

その提案を聞いて大河内は背中に冷たいものが走るのを感じた。ただ、何と言われても大河内としては断るしかない。

「アロンさん、お金の問題ではありません。残念ながら、これればかりはなんともできないんです。わかってください」

すると、いままで温厚だったアロンの口調が一変した。

「大河内さん、あなたは私の頼みを断ることできませんよ。もう、共犯ですから」

「共犯って、どういう意味です」

「あなたは、わたしに情報を渡して金をもらった。それも、三回もです。わたしがこのことを会社に言えば、あなたはクビになる。警察も動くかもしれない。そうなれば、あなたを雇ってくれる会社はどこもありませんよ」

アロンが冷たく言い放った。

「アロンさん、あなたは私を脅迫するんですか」

思わず大河内が抗議すると、アロンはまたやさし気な声に戻ってこう言った。

「大河内さん、わたしとあなたとは友だちです。今回まで、頼みをきいてください。この取引で、あなたは、一億円の金を手に入れることができます。そうすれば、今の会社にいなくてもいい。わたしの会社で雇ってあげることもできるし、海外に移住して暮らすこともできる。そうでしょう？」

大河内はその時はっきりと、自分がアロンに騙されていたことを知った。

ＩＴＯ社が開発している半導体設計支援システムの価値は、現在のプロトタイプでも数十億をくだらないだろう。完成すれば数百億でも安いくらいだ。それを一億円で手に入れようとするこのアロンという男が、普通のビジネスマンであるはずがない。

アロンは最初から、ＩＴＯ社のこの技術情報が欲しくて大河内に近づいたのだ。そして時間をかけて、大河内が断れないように外堀を埋めていった。そして今、アロンの思惑どおり、大河内は崖っぷちに立たされていた。

アロンの頼みを引き受けるということは、自社の機密情報を他国の企業に売るということだ。言うまでもなくこれは立派な犯罪行為にあたる。しかし、頼みを断れば、アロンはこれまでのことを社長の伊藤に告げるだろう。伊藤は待ってましたとばかりに、大河内の首を切るに違いない。

どちらも暗い未来なら、少しでも可能性のある方に賭けるしかない。結局、大河内には、アロンの頼みを受け入れるしか選択肢がなかった。

「しかたがありません。今回まで、協力しましょう」

大河内は振り絞るような声でそう答えた。

「ありがとう。大河内さん。あなたは正しい選択しました。きっと、あなたにとってもいい結果におわりますよ」

アロンが、にっこりと笑ってグラスを掲げた。

それから数日間、大河内は眠れない夜を過ごした。警察が会社や自宅マンションに踏み込んでくる夢を何度も見た。

しかし、人間は自分の置かれた状況に順応していく生き物だ。四日目くらいになると、徐々に罪の意識は薄れ、この取引がうまくいったときのことが頭に浮かぶようになった。

数十億円の価値がある情報を弱みにつけこまれて安く買いたたかれたのは不本意だが、それにしても一億円だ。小さな金額ではない。その金を持って物価の安い東南アジアか島嶼国《とうしょこく》にでも移住すれば、しばらくは遊んで暮らせるだろう。大河内には妻も子もいない。今まで頑張ってきた分、ゆっくりするのも悪くないのではないか。こうなったら毒を食らわば皿までだ。決心してしまうと気持ちが軽くなった。

今回が最後の取引になる。しかもこれまでとは比べ物にならないくらい大きな取引だ。

大河内は、細心の注意を払って準備を始めた。

まず、アロンとの間で問題になったのは、金と情報の受け渡し方法だ。

アロンは、最初、大河内が情報を渡せば、それが本物だということを確認したうえで、現金で金を支払うと言った。

しかし、アロンの正体がわかった以上、無条件に信用するわけにはいかない。大河内は、その受け渡し方法だと、本物の情報を渡しても金が支払われない可能性もあると反論した。そのうえで、暗号資産を使って、支払いが確認されると同時に情報が相手に渡るようなプログラムを作成し、金銭の移動と情報の取引とを同時に行うことを提案した。

だが、アロンは首を縦に振らなかった。

それだと情報が本物かどうかを確認する時間がない。それに、暗号資産の取引は匿名性が高いとはいえ、ブロックチェーンに残る取引記録は永久に公開されるため、何らかの方法で追跡されるリスクが残る。支払いは現金で行うというのだ。

大河内としても、現金で支払いをしてもらうことについては異存がない。現金の方が跡が残らないし、税務署に目をつけられる心配もないからだ。

ただ、こちらが先に情報を渡すのはリスクが大きすぎる。

こうなると、これまでと同じように、システムのデータと現金を物々交換するしかない。

もっとも、半導体設計支援システムのプログラム全体をＵＳＢメモリに格納することはできないし、一億円の現金を博多通りもんの箱に入れることもできない。そこで、アロンに次のような方法を提案した。

大河内は、クラウド上に半導体設計支援システムのデータを保存し、アクセスするための認証情報を保存したＵＳＢメモリを準備する。

アロンは、福岡市周辺にある駅のコインロッカーに現金を入れ、ロッカーのカギとなるＱＲコードと駅番号を書いたメモを準備する。

金の受け渡しに使う駅は、エンパイヤホテルから車で三〇分程度かかる場所とし、大河内がＩＣコインロッカーが設置されているＪＲ九州の駅を調べて、そのうち三つを候補として提示する。アロンは、その中の一つを選んで金を預けることとする。

そのうえで、大河内が準備したＵＳＢメモリと、アロンが準備したＱＲコードに駅番号のメモを添えたものを、エンパイヤホテルで交換するのだ。

こうすれば、大河内が金を手に入れる前に、アロンは情報が本物かどうかを確認する時間が最低三〇分とれることになる。

この提案をアロンは了承した。

次に問題となったのは、誰が受け渡しを行うかだった。

大河内は、今回だけは自分が直接受け取りたいと主張したのだが、アロンからは、今回もこれまでどおり互いに部下を使って取引すべきで、自分たちが表に出るのは絶対にだめだと断られた。

もしも大河内が捕まれば、大河内と頻繁に会っていた自分にすぐに嫌疑が及ぶ、リスクは少しでも小さくしたい、というのがその理由だ。アロンにそう言われてしまえば、うなずくしかない。

こうして、何とか受け渡し方法は決まった。次は、いよいよ、アロンに渡す技術情報を手に入れなければならない。

この情報はクラウド上ではなく、ＩＴＯ社のハードディスクに保存されている。もちろんセキュリティシステムによって守られているので、データにアクセスしてコピーを作成するのは、普通なら社員であっても難しいところだ。

しかし、大河内にとってはさほど難しい作業ではなかった。なぜなら、このセキュリティシステムは大河内が中心となって構築したものだからだ。十年前、ＩＴＯ社の開発部長として入社した大河内の最初の仕事がこれだった。

社長の伊藤は、自分が興味のある分野以外のことには無頓着だった。この日のことを想定していたわけではなかったが、大河内はセキュリティシステム構築責任者の特権を利用し、自分だけはＩＴＯ社のどんな情報にもアクセスできるルートを作っておいたのだ。

もちろんデータにアクセスしたりコピーをとったりすれば、ログが残る仕組みとなっているが、問題が発生しない限り誰かがログを確認することはない。アロンだって、違法な方法で入手した情報をわざわざ公表することはないはずだ。どういう使われ方をするのかはわからないが、秘密裏に第三国で活用されるだけなら外に漏れようがない。

ここまで準備を進めた大河内は、次に、誰にお使いを頼むかを考えた。うまい具合におあつらえ向きの新人がいた。戸郷という名前の新人は、これまでの三人と比べても格段に質がいい。それは、まぬけそう――という意味でだ。この男なら、大河内の意図に気づく心配はないだろう。

最後に残った問題は、どのタイミングでコインロッカーに行って金を回収するかだ。これまでのように、部下が東京に戻ってきてから、というのでは遅すぎる。なにせ一億円が入ったロッカーのＱＲコードと駅番号を書いたメモだ。しかも、それを受け取るこちら側の部下は、そんなに大切なものだとは知らない。不注意でQRコードかメモのどちらかを落としたり、どこかに置き忘れたりする可能性もある。特に、今回選んだ戸郷という男は、さっぱり信用できない。

それに考えたくはないが、ぐずぐずしていたら、大河内が金を取りに行く前に、アロンが回収するおそれだってある。

取引自体には戸郷を使うにしても、金を手に入れるのに、戸郷が東京に戻るのを待つ必要はない、というより待てない。取引が終わったら、すぐに戸郷からQRコードとメモを受け取り、その足で金を取りに行く方がよいだろう。そのためには、取引当日は自分も福岡に行っておく必要がある。

そういうわけで、今日、大河内は朝一番の飛行機で福岡にやってきた。会社には、福岡に住んでいる親戚に不幸があって仕事を休むと連絡してある。戸郷から取引完了の電話がかかってきたら、今、たまたま福岡にいるので、相手から預かったものを受け取りにいくと言えばいい。あの戸郷なら、それで納得するだろう。

福岡空港に着いた大河内は、地下鉄を使って最寄り駅まで移動し、そこから歩いてももち浜地区に向かった。エンパイヤホテルの近くにあるビジネスホテルを、偽名で予約してある。部屋に入って、戸郷からの連絡を待った。

ところが、取引の時間を過ぎても戸郷から連絡がない。いらいらしながら待っていると、戸郷ではなくアロンから電話があった。

話を聞いて驚いた。アロンによると、エンパイヤホテルの一室で部下からUSBメモリを受け取ったが、その中に肝心の認証情報が入っていなかったというのだ。

最初は、まぬけな戸郷が、間違えて別のUSBメモリを渡したのだと思った。それで、戸郷に確認しようとしたが、何回かけても電話にでない。二〇分ほどかけ続けて、ようやく戸郷が出たと思ったら、とんでもないことを言い出した。自分は取引の場所に行っていないというのだ。

再びアロンに電話してわかったことがある。なんと、取引場所に現れたのは戸郷を名乗る女で、その女が偽物のUSBメモリをアロンの部下に渡し、QRコードとメモを受け取って消えてしまったらしい。

戸郷の名を騙った女がいったい誰なのかも気になるが、当面の問題はアロンの方だ。偽物のUSBメモリを渡されたアロンは、かんかんだ。しかも、電話の中で、アロンは、やくざにその女を探させているようなことを言っていた。

アロンがまともな人間ではないことはわかっていたが、まさか、やくざとまで関係しているとは思わなかった。

このままでは自分の身も危ない。今日福岡に来るとき、念のため、戸郷に預けたUSBメモリのコピーも持ってきた。アロンはエンパイヤホテルにいるようなので、これを渡してもいいのだが、できることならアロンと会わずに済ませたい。そう思って、戸郷から直接USBメモリを手に入れてもらうことにした。

戸郷に電話をかけて福岡タワーの近くにいることは突き止めたので、アロンに捕まえてほしいと依頼した。その際、戸郷を脅すために必要だからと言われ、問われるままに、履歴書に書いてあった戸郷の家族構成や住所など覚えている限りの情報をアロンに伝えた。

これで、事態が収拾するかと思ったら、そうはいかなかった。しばらくして、アロンから電話がかかってきたのだが、アロンが雇ったやくざは、一旦は戸郷を見つけたものの、うまく逃げられてしまったようなのだ。やくざは、戸郷が泊まったホテルで待っていたが、現れなかったらしい。まぬけな戸郷を取り逃がすとは、まったく使えないやくざだ。

自分たちがへまをしたくせに、アロンは、今回のことは大河内の責任だと決めつけ、脅してきた。すぐにＵＳＢメモリを渡さないと、身の安全は保障しないというのだ。確かに、戸郷が男性だとは伝えなかったが、そんなことで騙されるアロンの部下にも問題がある。しかし、こうなってしまうと、それを主張できるはずもない。

不本意だが背に腹はかえられない。本当は、やくざを使うようなアロンには接触したくないのだが、アロンをなだめるためには、自分が持っているＵＳＢメモリを渡すしかない。

しかたなく、大河内は自分が近くのビジネスホテルにいることを明かし、すぐにＵＳＢメモリを持っていくとアロンに伝えた。

ホテルを出ると、タクシーで福岡タワーに向かった。アロンからは、タワーの近くでひと気のない場所を見つけて再度連絡するように、と言われている。

戸郷のまぬけ、戸郷のまぬけ、戸郷のまぬけ……呪詛《じゅそ》のように唱えているうちに、タクシーが福岡タワーの前に着いた。

タワーの近くを歩き回って、ようやくマンションとマンションの間にある小さな公園を見つけた。ここなら、観光客の姿もないようだ。

大河内は、公園を取り囲む生垣に沿って並べられたベンチに座った。スマートフォンを取り出して、グーグルマップで現在地を検索する。この公園に名前はついていないが、おおよその場所はわかる。

大河内はアロンに電話をかけた。

「福岡市立総合図書館の西側に、マンションに囲まれた小さな公園があります。ここなら、誰もいないようです。私はベンチに座っているので、至急来てください」

「わかりました。すぐに行きます。そこから動かないようにしてください」

その一言のあと、電話は切れた。

＊

そんなわけで大河内は、人気のない公園のベンチに一人で座っているのだった。

大河内は、落ち着かない気持ちで、あたりをきょろきょろと見渡した。今のところ公園に人影はない。次に、ズボンのポケットに手を入れ、ＵＳＢメモリがそこにあるのを確認する。

それにしても、誰が戸郷になりすましたのだろう。そのとき、ふと、大河内の頭の中に中州にあるラウンジのママ――絵梨の顔が浮かんだ。

そういえば、ひと月ほど前に絵梨から電話がかかってきて、突然、「大河内さん、会社の情報を売りようやろ？」と言われたっけ。あのときは、すぐに冗談だと言って笑っていたが、絵梨は本当に大河内のやっていることに気づいていたのかもしれない。そうなると、戸郷の代わりに現れたのが絵梨だったという可能性はある。

もっとも、いまさら戸郷になりすましたのは絵梨かもしれないとアロンに伝えたところで状況は変わらない。アロンとしては、絵梨の行方を探すより、大河内からＵＳＢメモリを手に入れることの方が重要だからだ。

ただ、何の見返りもなしに技術情報を渡すのもしゃくにさわる。本来なら数十億円の価値がある情報だ。アロンに会ったら、ダメもとで自分に一億円を渡すよう交渉してみよう。わざわざ東京から大きなボストンバッグも持ってきたことだし……。

そんなことを考えていると、公園の向こうから二人の男がベンチに近づいてきた。黒いスーツの中年男とチンピラ風の若者だ。この二人が、アロンの雇ったやくざなのだろう。

二人は、何も言わずに大河内を挟むように左右に座った。

「アロンさんはどこなんですか」

大河内は震える声で聞いた。しかし、二人はそれには答えず、両腕を取って大河内をベンチから立たせた。

「一緒に来てもらおう」黒スーツが低い声で言った。

大河内はボストンバッグを抱えたまま、両腕を二人のやくざに取られ、公園の先にある道路まで連れていかれた。そこには、黒塗りのバンが停まっている。窓はスモークガラスになっていて中の様子は見えない。

車に近づくと、後部座席のドアがスライドして開いた。シートの奥でアロンが微笑んでいる。

「いらっしゃい。大河内さん」

大河内がボストンバッグを膝の上に置いてアロンの隣に座ると、黒スーツの男も続いて乗り込んできた。大河内はアロンと黒スーツに挟まれるような形になる。もう一人のチンピラ風のやくざは、運転席に座った。

黒スーツが操作したのか、ドアがゆっくりと閉まった。窓はスモークガラスなので、これで外から車内の様子は見えない。

大河内はアロンに抗議するように言った。

「アロンさん、やめてくださいよ。こんなこわい人たちに車まで連れてこられて、びっくりしたじゃないですか」

「ごめんなさいね。大河内さんと一緒にいるとこ見られたくなかったね。それより……」アロンがうかがうような目を大河内に向けた。「例のものありますか」

「ありますよ」

大河内はズボンのポケットからＵＳＢメモリを取り出した。

「ああ、それね」

アロンが手を出そうとしたのを見て、大河内はＵＳＢメモリを握った右手を引っ込めた。

「その前に、お礼のお金をもらえませんか。それと引き換えにお渡しします」

「ああ、そうですね。わかりました」

そう言って、アロンは大河内の隣に座る黒スーツの男に目で何事か合図した。

突然、首が締められた。黒スーツが大河内の首に腕を巻き付けたのだ。

「く……くるしい」

大河内はなんとか黒スーツの腕を振りほどこうとしたが、びくともしない。

「こちらにＵＳＢをください」

アロンが何事もなかったかのように言う。それを合図に、首を締めつける黒スーツの力が少し緩んだ。

こうなれば、逆らうことはできない。大河内は、右手に握ったＵＳＢメモリをアロンに差し出した。

「ありがとう」アロンはＵＳＢメモリを受け取ると、大河内に聞いた。「これ間違いなく本物ね？」

「大丈夫です。本物ですよ」

それを合図に、首に巻かれた腕がほどけた。大河内は自分の首を触って、ため息をつく。

「偽物はもう御免だからな」アロンが片側の頬だけで笑った。

そのとき、ふと大河内は違和感を覚えた。アロンは外国人のはずだ。これまで大河内と交わした会話も片言だった。しかし、今の、「偽物はもう御免だからな」という言葉は自然に出てきたように思えるし、へんなイントネーションもなかった。そもそも、外国人がそんな言葉を使えるだろうか……。

大河内は小さく首をかしげた。

2

高野みずほは、今、決断を迫られていた。

富樫と手分けして戸郷を探しているうちに、マンションに囲まれた小さな公園で、思いがけずＩＴＯ社の大河内を見つけたのだ。

アロンの取引相手である大河内がここにいる以上、偶然のはずはない。

この近くのエンパイヤホテルではアロンらしき人物が目撃されている。戸郷が預かった秘密情報の入ったＵＳＢメモリは、まだアロンには渡っていないはずだ。そして、ここに空のボストンバッグを持った大河内がいる。

ひょっとしたら、大河内とアロンが直接取引をするのかもしれない……。

みずほがそう思ったとき、突然、やくざらしき二人組がやってきて大河内に接触した。

二人は大河内の両腕をつかんでどこかへ連れていく。

みずほは、そっと後をつけた。

公園を出たすぐ先の道路に、黒塗りのバンが停まっている。やくざ風の男たちは、そのバンの後部座席に大河内を連れ込んだ。

あのバンにアロンが乗っていたとしたら……。みずほは心を躍らせた。

情報を盗んだ大河内がアロンと会っている現場を押さえることができれば、決定的な証拠になる。公安調査庁長官から表彰される自分の姿を想像して、みずほは一人で、えへへと笑った。

ただ、今はみずほ一人しかいない。公安調査官は警察とは違う。拳銃も持っていないし逮捕術も習っていない。

こんなとき頼りになる富樫は今ごろ福岡タワー北側の浜辺で戸郷を探しているはずだ。連絡してもここに来るまでには時間がかかる。それまでの間に、大河内が車を降りてしまえば、もう追及できなくなる。

どうしよう……。踏み込むなら今しかない。しかし、自分一人で大丈夫だろうか……。

頭の中で同じ問いを繰り返していると、なぜだか戸郷のとぼけた顔が浮かんだ。

あいつのお陰で今日はしくじってばかりだ。証拠となるＵＳＢメモリは渡さない。ベンチで待っているように言ったのに、エンパイヤホテルから戻ってくるとどこにもいない。連絡もしてこないし、電話をしても無視する。やっと見つけたと思ったら走って逃げた。

みずほは、改めて目の前の黒塗りのバンを見つめた。

これは汚名返上のまたとないチャンスだ。この機を逃したら、一生後悔するかもしれない。そう思ったら、体が勝手に動いていた。

車に向かって早足で歩きながら、みずほはバッグからスマートフォンを取り出すと、急いで富樫の番号を探した。もう車はすぐ目の前だ。慌てて発信ボタンを押して、スマートフォンを耳に当てる。

呼び出し音が鳴る。

「富樫、遅いよ。早く取れ」

みずほが悪態をついたとき、電話がつながった。

「大河内がやくざ風の二人組に捕まって、車に引きずり込まれた。多分、中にアロンがいる。あたしが今から現場を押さえる。車は黒のバン。ナンバーは『福岡３００い××

××』。すぐに手配して」

早口でそれだけ言うと、スマートフォンをバッグに投げ込み、みずほは車の前に立ちはだかった。

3

「あれは誰ですか?」

大河内は思わず言った。というのも、突然、車のフロントガラスの前に黒いスーツを着た女が現れたからだ。

その女は、身分証らしき手帳を示しながら、身振りで窓を開けるよう運転席の男に要求した。

チンピラ風の男が窓を開けると、女性の声が聞こえた。

「公安調査官の高野みずほです。後部座席のドアを開けてください」

それを聞いて、大河内は息が止まりそうになった。とうとうばれたのかと、体中から一気に汗が噴き出す。

運転席からチンピラがうかがうような顔で振り向いた。

「開けてください」

アロンの指示を受け、歩道側の後部座席のドアがゆっくりとスライドして開いた。

高野と名乗る女は、開いたドアの前に立って身分証を突き出した。

「公安調査官の高野です、少し話を聞かせてください」

大河内は、目をぱちぱちさせながら身分証を確認した。確かに、本物の公安調査官のようだ。

アロンもそのことはわかったのだろう、丁寧な、そして片言の日本語でいった。

「なんのことですか。別にわたしたちは、あなたと話をする必要はありませんが」

しかし、高野は、アロンの言葉を聞き流すように、車に乗っている男たちの顔を一人一人覗き込んでいる。

「あなたは大河内さんですね」

高野は大河内をまっすぐ見据えて言った。

大河内はしかたなくうなずいた。それから、高野はほかの三人を見渡していたが、急に困惑したような顔になって、再びきょろきょろと一人一人に目を向けた。

「こちらに、アロン・イバネズ氏はいないんですか？　ここにいると思ったのですが……」

え？　そこにいるじゃないか。指摘しようとした大河内より一瞬早く、アロンが口を開いた。

「高野さん、車に乗りませんか」

それからアロンは、大河内の隣に座る黒スーツに目を移した。

「尋木《ひろき》さん、席を代わってください」

大河内は、そのとき、初めて黒スーツの男が尋木という名前であることを知った。

「わかりました」黒スーツの尋木は低い声で答えると、車を降りて自分が座っていた席を高野にすすめた。「どうぞ座ってください」

「いえ、私は……」

ためらう高野にアロンが意味ありげな目を向けた。

「大丈夫、公安調査官のあなたに何もしません。そんなところに立っていられては、話ができないから」

高野は少し考えるそぶりを見せたが、心を決めたと見え、「では失礼します」といって、大河内の隣に乗り込んできた。

尋木は助手席に座った。運転席の男が操作したのだろう、誰も触っていないのに後部座席のドアがゆっくりと閉まった。次いでかちゃっとロックがかかる音がする。

アロンが急ににやにややにや笑いながら口を開いた。

「さっきお尋ねのアロンですけどね。わたしが、そのアロンです」

「え？」高野が眉にしわを寄せた。「そんなはずはありません」

「どうしてです？　間違いなくアロンはわたしですよ。ねえ、大河内さん」

そう聞かれた大河内は、にこやかな顔をつくった。この後のことを考えると、できるだけ、この高野という調査官の心証をよくしておかなければならない。

「はい。間違いなく、この人は、アロンさんですよ。それは、私が証明します」

しかし、大河内の言葉にもかかわらず、高野はまっすぐアロンを見つめたまま、きっぱりとした口調でこう言った。

「アロン・イバネズは公安調査庁の調査対象者です。私たちのこれまでの調べでわかっているアロンとあなたとは顔がまったく違います」

え？　どういうこと？

混乱する大河内をよそに、アロンが冷静な声で運転席の男に命じた。

「車、出してください」

アロンの指示で、いきなり車が動き始めた。

高野は驚いたような顔で抗議する。

「何するんですか。車を止めてください」

「それはできません。しばらく付き合ってもらいます」

アロンは断固とした声でそう宣言すると、助手席からこちらの様子をうかがっていた尋木に目で合図を送った。

「車を止めないと、監禁罪になりますよ。それに……」

なおも何かいいつのろうとした高野が突然固まった。

大河内にもすぐにその理由はわかった。助手席に座った尋木が高野に向かって拳銃を構えていたのだ。

「え！　何やっているんですか！」

大河内はびっくりして大声を上げた。

すると、尋木は、黙って大河内の方に銃口を向ける。

それを見た大河内は悟った。アロンとこのやくざの二人は仲間だ。しかし、自分は仲間ではないらしい。こうなったら命だけでも助かりたい。大河内は、同情を誘うように、両手を胸の前で組んだ。

「私はあなたたちの言うとおり、ＵＳＢも渡しましたよ。今見たことは誰にも言いませんから、車から降ろしてもらえませんか。その後、話はそちらの高野さんとゆっくりしていただいてですね」

しかし大河内の懇願も、アロンによってすぐに拒否された。

「残念ですが、それはできません。大河内さん、あなたにもしばらく付き合ってもらいますよ。まず、スマホを出してもらいましょう」

アロンが手を出した。

自分に銃口が向けられていたらどんな命令でも断ることはできない。大河内は、ポケットからスマートフォンを出すとアロンに渡した。高野も、バッグからスマートフォンを取り出してアロンに渡している。

アロンは、自分が座っている座席側の窓を開けると、走行中の車から無造作に大河内と高野のスマートフォンを投げ捨てた。

「あ！」

大河内は思わず声をあげた。リアウインド越しに買い換えたばかりのスマートフォンが道路に転がるのが見えた。

「何か、問題でもありますか」

アロンが、冷ややかに言う。その抑揚のない声に大河内の背中に冷たい汗が流れた。

「い、いえ。とくに問題はありません。買い換えるのをもう少し待てばよかったかな、なんて思っただけで。はは」

大河内が横目で高野を見ると、厳しい表情のままだ。高野も買い換えたばかりだったのだろうか。そんなことを考えていると、アロンが運転席の男に命じた。

「どこかひと気のないところに」

それからアロンは大河内と高野を交互に見ながら、にやりと笑った。

「二人とも緊張しないで。おとなしくしていれば、何もしません。ドライブ楽しみましょう」

ああ、今日はなんてついてない日なんだ。大河内は思わず頭をかかえたのだった。

五　高野《たかの》みずほの災難

1

高野みずほは、バンの後部座席に座って、自分に向けられた銃を観察していた。それは黒光りするオートマチックで、握っているのは助手席に座る尋木《ひろき》と呼ばれた黒スーツの男だ。シートベルトをしたまま、体を半分ねじって銃口を後部座席に向けるのは結構苦しい体勢なのではないかと、みずほは妙なところで心配した。

高野みずほは、関東公安調査局、調査第二部の統括公安調査官だ。担当は経済安全保障である。各国は日本の先端技術を狙っている。中には非合法な方法で盗み出そうとするものもいる。それを防ぐのが高野の仕事だ。そして、できれば、防ぐだけでなく工作員を摘発したいと、みずほたち公安調査官は思っている。

というのも、警察にも似たような部署がある。公安部と呼ばれるものがそれだ。実は、公安警察と公安調査庁の仕事内容は重複している部分が多い。しかし、警察と公安調査庁はまったく別の組織だ。当然のことながら競争になる。

こうなると、公安調査庁は分が悪い。組織、人員、権限、どれをとっても警察にはかなわないのだ。警察の公安部は、あからさまに、公安調査庁になにができると鼻で笑っている。

なんとか警察を出し抜いて工作員を摘発したい。みずほは、お正月に初詣に行くたびに神様にお願いしていたのだが、その祈りが通じたのか、一年前、耳よりな情報がみずほの勤務する関東公安調査局に寄せられた。

それは、匿名の内部通報だった。内容は、東京と福岡に営業所を置く外資系企業、アナトリアトレーディング社でエグゼクティブディレクターを務めるアロン・イバネズという男がK国の工作員かもしれない、というものだった。

みずほたちは内々に調査を開始した。

アナトリアトレーディング社は、東南アジアを中心に活動しているIT系のコンサルティング会社である。アロン・イバネズはK国のパスポートを所持しており、正式に在留許可も出ている外国人だ。アロンがその会社のエグゼクティブディレクターであることは間違いない。

調査を進めると、アロンは、三年前まで、Ｋ国のアメリカ大使館に勤務していたが、そこを退職してすぐ現在の会社に入り、日本に来たことがわかった。アロンが会社でどのような役割を担っているのかは、はっきりしない。一方で、アロンが頻繁にＫ国の日本大使館を訪ねていることもわかった。さらに、アナトリアトレーディング社の大口出資者がＫ国と関係の深い銀行だということも判明した。

こうなると、アロンは、Ｋ国の意を受けた工作員である可能性が高い。

みずほたちは、アロンを徹底的にマークした。しかし、アロンは用心深く、なかなかしっぽを出さない。

ところが、思わぬところから突破口が生まれた。

みずほたちは、情報収集のために日頃から行政機関や企業を訪問している。三か月ほど前にも、みずほは、富樫と二人で横浜市内に本社を構える商社を訪問した。

聞き取り調査を終えたみずほと富樫は、軽い昼食をとるためにオフィス街にあるカフェに入った。ランチの時間帯だったので、店内はほぼ満席だった。カウンターでサンドイッチとホットコーヒーを受け取ると、みずほはちょうど空いた奥のテーブル席に富樫と向かい合わせに座った。

隣の席には、二十代前半の男性二人が、やはり向かい合わせに座っている。黙ってサンドイッチを食べていると、これがカクテルパーティー効果というものなのだろう、隣のテーブルから、突然、「アナトリアトレーディング社」という言葉が聞こえた。

みずほは思わず富樫と顔を見合わせた。それからは、隣に座る若者二人の会話の中身を聞き取ろうと精神を集中した。どうやら、二人のうちの一人が、最近福岡に出張したようで、そのときに会ったのがアナトリアトレーディング社の社員だったらしい。

しばらくして二人の男性は席を立った。みずほと富樫も席を立つと、気づかれないように尾行した。二人の若者は、カフェから三百メートルほど離れたオフィスビルに入っていった。みずほたちも少し遅れてビルの中に入る。若者二人はエレベーターに乗った。うまい具合にエレベーターの中には、ほかの乗客はいないようだ。エレベーターのドアが閉まるやいなや、みずほは走ってエレベーターに近づいた。階数表示のランプを見上げる。エレベーターは七階で停止した。

エレベーターの横に貼ってある表示板によると、七階に入居しているのは一社のみ。

株式会社ＩＴＯ社だ。

みずほは、事務所に戻って上司に今日の出来事を報告すると、さっそくＩＴＯ社の調査を開始した。

その結果、ＩＴＯ社は、ここ五年間で急成長した半導体ファブレス企業で、現在、国から補助を受けながら革新的な半導体設計支援システムを開発していることがわかった。もしかすると、アロンはこの技術を狙っているのかもしれない、とみずほ思った。

ただ、会社の内情を外から調査するのには限界がある。さらに詳しく調べるためには、内部に協力者を作る必要があるのだが、みずほは、ＩＴＯ社のことを調べているうちに、ちょうどいい人物を見つけていた。

それが藪田祐司という男だ。

藪田は、ＩＴＯ社に入社して十年近くが経つ。若い社員の多いＩＴＯ社の中では中堅に位置し、開発部で、ある程度責任ある仕事を任されているようだ。その一方、性格はけっこういいかげんで、愛社精神はさほどないように思える。協力者にはうってつけの人物だ。

ある日、みずほは、藪田が一人で外出したときを狙って接触した。近くのカフェに誘って、日本の経済安全保障のために協力者になってほしいと頼み込んだ。

すると、薮田はあっけないくらい簡単に協力を約束してくれた。経済安全保障はともかく、仕事の他に刺激が欲しかったということなのだが、みずほにしてみれば、理由はどうでもよかった。これで、ITO社とアナトリアトレーディング社との関係を詳しく調べることができる。

その後、薮田の協力も得ながら調査を続けた結果、開発部長の大河内がアナトリアトレーディング社との打ち合わせのため、たびたび部下を福岡に送っていることが判明した。やはり、アロンは日本企業に接触していたのだ。

みずほたちは、入手した情報をいろんな角度から分析・検討し、アロンと大河内は、それぞれの部下を使って、福岡で技術情報と謝礼を交換している、との結論に達した。おそらく、アロンは、小さな取引を重ねて、大河内を身動き取れないようにしておいて、最終的には、ITO社が開発中の半導体設計支援システムの情報を手に入れるつもりなのではないか、というのがみずほたちの推理だった。

そんな中、薮田から、新たな情報がもたらされた。

それによると、大河内が、アナトリアトレーディング社への説明のため、近々福岡に戸郷という名前の部下を送るというのだ。念のため半導体設計支援システムの開発状況を確認すると、最近、ようやくプロトタイプが完成したところだという。

いよいよアロンは目的の情報を手に入れるつもりかもしれない。みずほたちは色めき立った。

もちろん、このタイミングで大河内から事情を聴くという選択肢もあったが、高野たちはその方法をとらなかった。

なぜなら、それでは大河内は逮捕できても、アロンに行きつくまでに時間がかかるからだ。大河内を聴取している間に、アロンがK国に帰ってしまえば、もう手の出しようがない。できれば、大河内とアロンの部下同士が取引する現場を押さえたい。事情を知らない部下なら高野たちの聴取に応じるだろう。二人が交換したものが、ITO社の技術情報とそれに対する対価であったなら、即座にアロンと大河内の身柄を拘束することができる。

しかも、うまいことに、今のところ警察がこの情報をつかんでいる気配はない。アロンを摘発できれば、公安調査庁の存在を世間に大きくアピールできるし、何より警察の鼻を明かすことができる。そう思って、大河内から出張を命じられた戸郷を泳がせることにしたのだ。

残念ながら薮田からの情報には、戸郷がアナトリアトレーディング社とコンタクトする時間と場所までは入っていなかった。できれば、その情報も入手してほしいところだが、民間人の薮田にそこまで要求することはできないし、なによりへたに薮田が動いて大河内に警戒されたら、元も子もない。

それで、戸郷を尾行することにした。

前日から出発するのはわかっていた——薮田によると、福岡に出張する社員は中洲のラウンジに立ち寄らなければならない決まりがあるのだそうだ——ので、関東公安調査局の仲間が朝からＩＴＯ社の前で張り込み行い、空港まで尾行して戸郷が乗る飛行機を特定してくれた。この先は、福岡で待機していたみずほと富樫の出番だった。みずほは、九州公安調査局の協力を受けながら、福岡空港から戸郷をずっと尾行していたのだ。

中洲大通りで、一度は戸郷に気づかれそうになったが、なんとかやり過ごした。

翌日も、朝から九州公安調査局と一緒に、万全の態勢で戸郷を見張っていた……のだが……。

戸郷とアロンの部下との取引現場を押さえることには見事に失敗した。しかたがないので、せめて、戸郷の持っているＵＳＢメモリを確保しようとしたが、これにも失敗、しかも、戸郷の姿も見失ってしまった。

切羽詰まったみずほは、やむを得ず、協力者に積極的な情報収集を依頼した。つまり、薮田に連絡して戸郷の居所を探ってもらった。すぐに薮田は戸郷に電話をしてくれたようだ。戸郷は福岡タワーの近くにいて、電話口から大きなサイレン音が聞こえたという薮田からの情報をもとに、周辺を改めて捜索し、一度は戸郷と若い女性が一緒にいるところを発見したのだが、結局、逃げられてしまった。

失態続きでみずほは落ち込んだ。

大河内を見つけたのは、そんな時だ。通常なら、車を見張りながら応援を待っただろう。しかし、あのときは正常な判断ができる状態ではなかった。気がついたら、大河内が連れ込まれた車に乗り込んでいた。挙句の果てに、今度は自分が捕まってしまったのだ。

ふう、と小さく息をついて、みずほは、隣に座る男を横目で盗み見た。彫の深い顔立ちに黒ぶち眼鏡、そして大きな鼻が特徴的だ。

どうやら、この男はアロンを名乗って大河内と接触していたようだ。つまりアロンは、実行犯として自分の偽物を使っていたのだ。どうりで、アロンの周辺を調べても、日本企業との接点が出てこないはずだ。

おそらくアロンは自分がマークされていることに気づいていたのだろう。だから、みずほたちの注意を自分に集めておいて、その間に、この偽物を使って大河内から技術情報を手に入れようとしたのだ。みずほたちも、アロンが東京でじっとしているときに、まさかアロンの偽物が福岡で取引を行っているなどとは夢にも思わない。藪田の協力がなければ、最後まで気づかなかったところだ。

考えてみると、この偽物がアロンとして振舞うのは案外易しかったかもしれない。アナトリアトレーディング社もアロンも実在しているうえに、本物のアロンの協力があるのだ。インターネットで調べられても問題はないし、誰もアロンの顔など知らないから公の場にアロンとして出席することもできただろう。万が一アナトリアトレーディング社に問い合わせが来ても、本物のアロンがうまくあしらうことができる。現に大河内も見事に騙されていた。

そうなると、アロンの部下として取引現場に現れた外国人は、アナトリアトレーディング社の社員ではなく、このアロンの偽物が雇った技能実習生か留学生、あるいは不法滞在者ということになる。

こうしておけば、本物のアロンもアナトリアトレーディング社も、大河内や偽物のアロンが捕まったとしても、犯罪には無関係だと言い張ることができるからだ。

そのアロンの偽物は、先ほどからスマートフォンで誰かとメールのやり取りをしている。おそらく、本物のアロンに現在の状況を報告して、指示を仰いでいるのだろう。

アロンの偽物が運転席のチンピラに小声で何事か指示した。うなずいたチンピラは車の速度を上げた。

バンは大きな橋を渡り、海岸沿いに立ち並ぶ住宅街の中を進む。何度か右左折を繰り返し、五分ほど走って、どこかの公園の広い駐車場の隅で止まった。

平日のためか、場内に車はほとんどいない。今ごろ富樫は警察と一緒にみずほたちを探しているだろうが、ここにじっとしていたら、なかなか発見されないかもしれない。

ただ、みずほにはまだやることが残っていた。それは、情報を取ることだ。

こうなってしまうと、事件はこのあと警察の手に委ねられることになる。そのとき、警察が公安調査庁に捜査情報を渡すはずがない。みずほたちが今後も調査を継続するためには、今のうちにできるだけ多くの情報を取っておく必要がある。人から情報を取るのはみずほたちの一番得意とするところだ。それは、相手が犯罪者でも同じだ。

まずは、この偽アロンの素性からゆっくりさぐるとしよう。みずほは、アロンを名乗る男がスマートフォンから目を離すのを待って声をかけた。

「少し聞いてもいいですか」

「なんですか」偽アロンがみずほの方を向いた。

みずほは、男に微笑みかけた。

「あなたは、日本人ですよね」

すると、偽アロンはびっくりしたような顔になった。

偽アロンの返事を待つことなく、みずほは勝手に話を始めた。

「あなたは、本物のアロンの指示を受けながら、日本企業から技術情報を盗む実行犯の役を務めていたんでしょう？　でも、アロンが自分の偽物に外国人を使うのはけっこう難しいんです。なぜなら、大河内さんに接近して情報を手に入れるには、かなりの期間が必要になります。観光ビザの滞在期間では足りません。そうなると、就労ビザが必要になりますが、日本の出入国管理庁は厳格ですから、実態のない仕事でビザを取るのは容易ではありません。結局、アロンは、日本人を使うしかなかったはずです」

偽アロンは面白そうにみずほの話を聞いている。みずほは続けた。

「そして、あなたは、そちらのお二人と同じように、どこかの組織の人間ですね。私たちの調査では、本物のアロンは、日本語もあまりうまくないし、日本の事情にも詳しくありません。そんなアロンが、自分の身代わりとして犯罪に手を染められる人物を探そうと思えば、どこかの組織に依頼したと考える方が自然です」

もっといえば、K国は、日本のどこかの反社組織と提携関係あって、以前から継続的な財政援助を行っていたのだろう。そして、この偽アロンはその反社組織に属している。だから、本物のアロンの指示のもとで、長期間にわたって大河内を騙すこともできたのだ。ただ、K国の名前を出すと、この偽アロンの口が重くなる。みずほは、あえてK国の名を伏せて反応をうかがった。

知らないふりをするかと思ったが、偽アロンはまったく違う反応を見せた。

「どう思う、尋木?」男は助手席の黒スーツに聞いた。「公安調査庁っていうのは、警察より鋭いかもしれないな」

それは流暢《りゅうちょう》な日本語だった。

「いいんですか。ばらしても」尋木が無表情のまま言った。

「いいさ。もう、へんな日本語を使うのにも疲れた」偽アロンは、みずほの方を向いた。

「高野さんの言うとおりですよ。俺は日本人です」

「えー！　本当に？」みずほの隣で大河内が驚いたような声をあげた。

「はは、子どものころから彫《ほり》が深い顔だって言われてたんです。外国人だと言っても違和感はなかったでしょう？」

偽アロンが平然とした顔で言う。

「アロンの名前を騙っていたことを認めるんですね」と、みずほは聞いた。

「まあね。ただ、もちろん今回のことは、自分一人の考えでやったことですよ」

「あなたのことは、なんとお呼びすればいいですか」

「そうですね。じゃあ、私の名前は小山《こやま》ということにしておきましょう」

おそらく本名だろう。反社組織の構成員なら、警察に捕まれば名前はすぐに判明する。ここで嘘をついてもあまり意味がない。一方、もしもみずほたちを殺すつもりなら、やはりここで本名を知られても問題はない。

「アロンの身代わりができるくらいですから、小山さんは英語がおじょうずなんでしょうね」

みずほが水を向けると、小山は得意そうに鼻をうごめかした。

「昔、アメリカで働いてたこともあるんで、会話に不自由はしないですね」

「そんな特技があるなら、ちゃんとした仕事もあったんじゃないですか」

「いえいえ、この特技があるからこそ、幹部待遇で今の組織に迎えられたんですよ」

小山は悪びれるふうもなく言った。

「では、小山さん、私たちをどうするつもりですか」

「さあ、どうしましょうかねえ」

そういった後、小山は尋木の方を向いた。

「どうしたらいいと思う?」

「いっそ、始末してしまいますか」

尋木が銃を構えたままでにやりと笑った。

それを聞いた大河内が体をぶるっと震わせた。

「待った。待った。どうしてですか。別に私はなにも悪いことなんかしてませんよ。そもそも、こうなったのは、戸郷を見つけたのにＵＳＢを奪いそこなった、あなたたちの責任でもあるじゃないですか」

それを聞いた助手席の尋木が銃口を大河内に向けた。

「俺がへまして悪かったな」

「いえ、そういう意味じゃありません」

大河内が豪雨時のワイパーのように両手を顔の前で何度も振った。

なるほど、これで戸郷があのベンチにいなかった理由がわかった。運転席と助手席に座るこの二人がUSBメモリを奪うために戸郷に接触したのだ。とすれば、それ以降、戸郷がこちらからの連絡を無視するようになったのは、きっとこの二人が……。

「あなたたちは、戸郷さんを脅しませんでしたか?」

「さあな」尋木がにやりと笑った。

間違いなく、この二人は戸郷を脅している。おそらく、警察に通報すれば、バックの組織が家族を殺すとでも言ったのだろう。組織の人間が一般人を脅すときの決まり文句だ。

「誰にも何も言いませんから、私だけでも助けてくださいよー」

突然、大河内が手を合わせた。どうやら一人だけ助かるつもりらしい。

「さて、どうしようか」と言った後で、尋木は、はははと笑った。みずほと大河内を脅して楽しんでいるのだ。

「なんで、私が……」

大河内がめそめそと泣きだした。

みずほも、こんなところで殺されるつもりはない。ただ、みずほは、この三人がそんな凶行に及ぶとは思っていなかった。

というのも、おそらく、小山と前に座る二人はK国と深い関係にある反社組織の人間だ。アロンの身代わりになって警察に捕まることは最初から覚悟しているはずだ。今回の報酬は三人が所属する組織に支払われ、三人は、刑務所から出た後で組織を通してその金を受け取ることになる。つまり金は出所後でなければ使えない。そうであれば、刑期はできるだけ短くしたいと考えているだろう。みずほたちに危害を加えれば、何十年も刑務所から出られなくなる。それは避けたいはずだ。

みずほは、この考えに自信があった。だからこそ、このような状況に陥っても冷静に行動することができている。ただ、念のため、この辺で一つ釘を刺しておくのも無駄ではないだろう。みずほは静かな口調で言った。

「私に危害を加えたりしたら、あなたたちもただではすみませんよ」

「ほう、どうして？」

小山がにやにやしながら聞く。

「だって、私は公安調査官で、法務省の職員なんですよ。私に危害を加えるということは警察官に危害を加えるのと同じです。暴力団関係者が警察官に手を出すと、後で警察がその組織を徹底的につぶしにかかります。それはあなたもよくご存じでしょう？」

「さあ、どうでしょうかね。果たして警察は、公安調査庁を警察と同じように考えてくれますかね。組織が違うから、本気になんかならないんじゃないですか」

小山が痛いところをついてくる。小山はみずほとの会話を楽しんでいるようだ。

「でも、小山さんは、もともと私たちに危害を加えるつもりはないんでしょう？」

今度は、そんなふうに聞いてみた。

「どうしてそんなことがわかるんですか」

「皆さん、一日も早く刑期を終えて、アロンから受け取る金を使いたいでしょうから」

小山は、感心したような表情を見せた。

「ほう。でも、お二人が変なことをしたら、容赦はしませんよ。それが私たちのやり方なんでね」

　それを聞いた大河内がぶるぶると首を振った。

「なにもしません。なにもしません。ね、高野さん。ぼくたち、おとなしくしときますよね」

　大河内の願いを無視して、みずほは話題を変えた。もう一つ確認しておきたいことがある。

「さっき、大河内さんがおっしゃってましたけど、アロンが欲しがっていたＵＳＢは、あなたたちが手に入れたんですね。大河内さんからＵＳＢを奪うのは当初の計画にはなかったはずですから、ボーナスが出るんでしょうね」

「さあね」といった小山の顔がうれしそうだ。

「それで、ＵＳＢはいつアロンに渡すんですか」

　しかし、今度は、小山はみずほの問いに答えない。

「ここに取りに来るんですか？　それとも、どこかに持っていくんですか」

　やはり小山は知らないふりをしている。

「駅に持っていくんですか？　それとも空港ですか」

　小山の頬がぴくっと動いた。

「おしゃべりはそこまでにしておきましょうか」

小山が一方的に会話を打ち切った。

話は終わったが、小山がみずほとの会話に乗ってきてくれたおかげで、いろんなことがわかった。

まず、小山がアロンの身代わりになって実行犯の役割を務めていたのは間違いない。そして、小山と二人のやくざ風の男はいずれも同じ組織の人間だ。小山は二人の兄貴分なのだろう。それは、小山と尋木の会話からわかった。

K国は小山たちの所属する組織に金を支払い、小山たちを雇ったのだろう。三人の話し方を聞く限り、東京周辺の組織か。

戸郷からもらいそこなったUSBメモリは、どうやら、大河内が小山に渡したようだ。それを押収できれば、立派な証拠になる。

最後に、小山は、USBメモリを福岡空港でアロンに渡すつもりだ。アロンは、このあと国外に逃亡する計画なのかもしれない。そして、USBメモリをアロンに渡して、アロンが国外に出るまでみずほたちを足止めするのが、さっきアロンから命じられた小山たちの役目なのだろう。

この状況下で、これだけ情報を取ることができたのは上出来だ。みずほは、自分で自分を褒めてあげたいぐらいだった。

ただ、この後なにをするにしても、ここから解放されなければどうしようもない。小山たちが罪を軽くしたいと思っているのなら、この尋木という男が構えている銃はモデルガンの可能性が高い。それなら、せいぜい監禁罪くらいしか成立しないからだ。ただ、さすがのみずほも、それを自分で確かめてみるほどの度胸はない。

みずほは、隣に座る小山にそっと目を移した。小山は無表情に窓の外を見ている。

なんとかして、外部と連絡を取る方法はないものか。みずほのスマートフォンは捨てられてしまったので、その電波からこの場所を特定することはできない。そうなると富樫や警察になんとかして見つけてもらうしかないが、駐車場にじっとしていられては、それもあまり期待できない。

この公園に、天皇陛下か総理大臣でも視察に来てくれないかなー。それなら、パトカーが大挙してやってくるんだけど……。

みずほがそんなことを考えていると、突然、駐車場にパトカーのサイレン音が響いた。それも、一台ではない。何台もいるようだ。

え？　まさか、陛下が来られた？

みずほがきょろきょろあたりを見回すと、フロントガラスの向こうから、福岡県警のパトカーが五台、高野の乗ったバンに殺到するところだった。

事前に打ち合わせをしていたのか、五台のパトカーは、バンの前後左右に停まって身動きできなくする。

――ドアを開けなさい！

パトカーの拡声器から声が響いた。

「あんたが呼んだのか？」小山がみずほに厳しい目を向けた。

「言ったでしょう。公安調査庁と警察は仲間だって」

そうは言ったものの、実をいうと、なぜこんなに早く警察がこの場所を突き止めることができたのか、みずほにも、わからなかった。

ちっと舌打ちをすると、小山が後部座席のドアポケットに手を突っ込んだ。引き抜いた手には大型のペンチが握られている。

「あ、なにをするの」

みずほが声をかける間もなく、小山はポケットからＵＳＢメモリを取り出してペンチで何度も挟んだ。みしみしという音とともに、ＵＳＢメモリが粉々に破壊される。しまった。みずほは唇をかみしめた。もしも警察に捕まりそうになったら、証拠となるＵＳＢメモリを破壊するようにと、アロンに命じられていたのだろう。それで、小山は、あらかじめ車の工具箱からペンチを抜いて準備していたのだ。

ふいに助手席の尋木が、構えていた銃を無造作にみずほに放った。慌てて受け止めたオートマチックの拳銃は軽い。プラスチック製なのだろう。つまりは、やはりモデルガンだということだ。

「これでわかっただろう。最初からあんたたちを傷つけるつもりはなかったんだ。証言頼むわ」

尋木が皮肉な口調で言った。

運転席の男が操作したのか、後部座席のドアがスライドして開いた。

「全員、降りて」

ドアの外には制服と私服、合わせて十人以上の警察官が立っている。そして、その後ろに見覚えのある大男の姿が。

富樫、よくやった……。みずほは小さく息を吐いた。

2

みずほは車を降りると、警察官に身分証を示して伝えた。

「私は公安調査官の高野です。今まで監禁されていました。車に乗っている四人を拘束してください。三人は監禁罪の現行犯。あとの一人は不正競争防止法と外国為替及び外国貿易法違反です」

富樫から事情を聴いていたのだろう。警察官は、すぐに、小山と二人のやくざ、そして大河内をパトカーに連行した。

小山たち三人も、警察にはおとなしく従っている。ここで抵抗しても意味がないことをよくわかっているのだ。おそらく、この後は、最後まで黙秘を貫くつもりだろう。

この三人には、みずほに対する監禁罪と、大河内の犯した不正競争防止法違反の共犯ぐらいしか成立しないので、刑務所に入れられても長くない。

K国からは十分な報酬がすでに組織に支払われているだろうから、三人にとっては、アロンがUSBメモリを手に入れられるかどうかはあまり関係がない。ボーナスはもらいそこなったにしても、報酬としては十分のはずだ。

「統括、大丈夫ですか」

富樫がみずほに駆け寄ってきた。

「よくやった。富樫」みずほは、思わず富樫を抱きしめた。

「統括、やめてくださいよ」

富樫が、顔を真っ赤にしてみずほから離れた。

せっかく、こんなにきれいな女性から抱きしめられたというのに、こいつ、自分の幸せがわかってないな。みずほは、ちっと舌打ちした。

そんなみずほに富樫がスマートフォンを差し出した。

「これ、統括のでしょう？」

それは、小山に車から放り投げられたみずほのスマートフォンだった。カバーをつけていたおかげで、幸い画面は割れていないようだ。

みずほはスマートフォンを受け取ると笑顔を見せた。

「ありがとう。それにしても、早かったね」

「そうでしょう。そうとう頑張りましたから」富樫が胸を張った。

その後、富樫は急に不服そうな顔になって続けた。

「でも、統括。どうして、あいつなんかに連絡したんすか」

「あいつ？　なんのこと」みずほは眉にしわを寄せた。

「戸郷ですよ。あいつから、統括が危ないって連絡がきたときはびっくりしましたよ。騙されてるんじゃないかと思って」

富樫はいったい何を言ってる？　戸郷？　え？　まさか……。

みずほは、さっき渡されたスマートフォンを開いた。通話履歴の一番上に最新の通話先が表示されている。その相手は――戸郷！

そのとき、みずほは気づいた。自分がとんでもない間違いをしでかしたことに。

みずほは、大河内が連れ込まれたバンに近づきながら、スマートフォンを開いて急いで富樫の番号を探した。連絡先はあいうえお順に並んでいるので、「富樫《とがし》」の次は「戸郷《とごう》」だったはずだ。あのときは慌てていたので、間違って一つ下の「戸郷」の方をタップしてしまったのだ。

電話がつながると一方的に話をして電話を切った。だから、気づかなかったのだろう。そうすると、みずほから電話を受けた戸郷が富樫に連絡。富樫が警察に通報して、今のこの状況になっているということか。

「しゃくだけど、こんなに早く統括を見つけられたのは戸郷のおかげですよ。あいつが、統括を乗せた黒いバンは、小戸《おど》公園の駐車場に停まっていると教えてくれなかったら、もっと時間がかかったと思います」

「そうなの……え？」

みずほは、目を丸くした。戸郷はどうしてみずほの乗っていた車の位置がわかったのだろう。車のナンバーがわかったとしても、それだけで戸郷が車の位置を特定できるはずがない。

そうすると、まさか……。

みずほは、駐車場に停まったパトカーの列に向かって駆け出した。

「どうしたんですか、統括」

富樫の声を背中に聞きながら、みずほは、一台ずつパトカーの中をのぞき込む。拘束された四人は、別々のパトカーに乗せられ、事情を聴かれている。用があるのは、二人組のやくざだ。

一台目には小山と名乗った男。二台目には大河内。三台目……いた！

後部座席に黒スーツの尋木が座っている。

「すみません！」みずほは、パトカーの後部座席の窓をたたいた。「窓を開けてくだい」

尋木の隣に座って事情を聴いていた私服の刑事が怪訝な顔で窓をあけた。

「どうしたんです？」

「その人の身体検査はしましたか」

「一応は。別に凶器になるようなものは持っていませんでしたよ」

それを聞いて、みずほは刑事に頼んだ。

「一つだけ、その人に聞きたいことがあるんです」

みずほの視線の先には尋木が不貞腐れたような顔で座っている。

「手短にお願いします。まだ事情を聞いている途中なので」

みずほは刑事に小さく頭を下げると、窓から車内に顔を突っ込んだ。

「尋木さん、ちょっとポケットの中を探ってみてください。何か小さなものが入っていませんか」

尋木が、え？　というような顔をした。

いぶかしげな顔のまま、尋木は、言われたとおりに両方の手をスーツの左右のポケットに突っこんだ。少しポケットの中を探った後、何かを見つけたのか、片方の眉を上げた。

尋木が左手をポケットから抜いた。手をひらくと、厚さ一センチ、縦横四センチくらいの黒くて四角いプラスチック製の装置が載っている。

尋木が問いかけるような目をみずほに向けた。

みずほは、その小さな装置に見覚えがあった。なぜなら、それは、みずほたちも使ったことがあるものだったからだ。

「それはＧＰＳ発信機です。スマートフォンのアプリから、位置情報を確認することができるんです」

みずほの答えに、尋木はみずほをにらんだ。

「あんたが入れたのか」

「いいえ。私ではありません。ひょっとしたら、大河内さんを黒いバンに連れ込んだときのように、戸郷さんにも密着しませんでしたか」

思い当たる節があったのだろう。尋木が「ああ……」と言って、目を見開いた。

「なんの話です？　どういうことなんです」

刑事が不審そうな顔で聞いた。

「うちの富樫に連絡してきたのは戸郷という人なんですけど、おそらく、その戸郷さんが、このGPS発信機をこの人のスーツのポケットに入れたのだろうと思います」

「えー！」みずほの背中から、富樫が驚いたような声をあげた。「あの戸郷がですか？どうしてそんなことを……」

みずほは富樫の方を振り向いた。

「それについては、あたしに一つ考えがあるんだけど……」

さっきから、みずほの頭の中には一つの仮説が浮かんでいた。まさか、あの戸郷が……。でも、そんなことがあるだろうか。

みずほをはじめ公安調査庁は、戸郷のことは単なるUSBメモリの配達人に過ぎないと考えていた。だから、戸郷の身元を詳しく調べたりはしていない。みずほが持っている情報は、薮田から聞いた、前は神奈川県庁に勤めていて、相模原市のアパートに妻と娘と一緒に住んでいる、ということだけだ。

こんなことなら、戸郷のことをもっと詳しく調べておくんだった。みずほは後悔したが、今さらどうしようもない。

「そんなはずはないよね」

みずほは自分の考えを振り払うように、ぶるぶると頭を振った。

3

メリハンから渡されたお土産の謎を解いた奈々子たちは、絵梨のマンションを出て、最寄りの地下鉄駅に向かった。福岡市営地下鉄とJR九州の筑肥線は相互乗り入れしている。このため、地下鉄駅から乗り換えなしでK大学研都市駅まで行けるのだ。

絵梨のマンションに一番近い地下鉄駅は「赤坂」。電車に乗りさえすれば二〇分ほどでK大学研都市駅に到着できる。ただ、問題は、K大学研都市駅に向かう電車の本数が決して多くないということだ。地下鉄区間は五分おきに電車が走っているのだが、その先のJR筑肥線に乗り入れる電車となると、この時間なら一時間に三～四本というところだろう。

奈々子は、先頭に立って地上から赤坂駅につながる階段を駆け下りた。ICカードをかざして改札を抜け、歩かないでくださいという注意書きを無視して、下りエスカレーターを駆け足で下る。

奈々子は、ようやくホームに着いた。奈々子に続いて、戸郷、そしてなぜだか絵梨までついてきている。

その絵梨は、フルマラソンを走り切ったばかりの素人ランナーのように、今にも倒れそうな顔色で、ぜいぜいと喉をならしている。

「ママは、部屋で待っていてもよかったのに」

「はあ、はあ。なんいいようと。奈々ちゃん一人を、こんな頼りない人と一緒に行かせるわけにはいかんやろ」

絵梨が、膝に両手を添えながら隣に顔を向けた。そこには、やはりぜいぜい喉を鳴らした戸郷がいる。

「はあ、はあ。頼りないはないでしょう？　もとはといえば、ママが余計なことするからこんなことになってるんでしょう？」戸郷が荒い息をつきながら反論する。

奈々子はホームに設置してある行先案内の掲示板を見上げた。次のK大学研都市方面に向かう電車は十一時三十五分発。あと五分ほどだ。

「K大学研都市まで行く電車が五分後に来ます。ちょうどよかったですね」

「五分あるなら、ちょっと待ってて」

突然、戸郷がエスカレーターの方へ戻ろうとする。

「どこ行くんですか？」

「トイレだけど。ついてくる？」

「いえ、結構です」

奈々子は丁重にお断りした。

戸郷がいなくなると、絵梨がさっそく口を開いた。

「奈々ちゃん、あんなやつ信用したらいかんよ。なんか、うさん臭くない？」

それを言うなら、戸郷になりすまして金を騙し取ろうとした絵梨も相当にうさん臭い。

「なんか気になるんよねー」絵梨が重ねて言った。

「気になるって、なにがです？」

「なんかさ、戸郷ちゃん、すごくアロンって人に会いたがってる気がせん？」

「戸郷さん、奥さんと娘さんを守るために、何とかして先にお金を手に入れてアロンと交渉しようと思っているみたいですよ」

「それはわかるけどさ。アロンとどうやって交渉するつもりなんやろう。あの人にそんなことできると思う？」

「それは……そうですけど」

「それで、あたし思ったんやけど、ひょっとすると……」

「ひょっとすると？」

奈々子が問い返すと、絵梨は奈々子の耳元に顔を寄せた。

「戸郷ちゃんって、アロンって人の元彼やない？」

男同士のそんな関係も最近では珍しくはないものの、この場合、おそらくそれはないと思う。ただ、絵梨の疑念もわからなくもない。

あらためて思い返してみると、確かに戸郷はアロンと交渉することに固執しているような気もする。いくら家族を守るためとはいえ、普通なら、K国の工作員かもしれないアロンと直接交渉しようなどと考えるだろうか。さっきからあまりにいろんなことが起こりすぎてゆっくり考える暇がなかったが、絵梨の言うように、戸郷にはアロンに会いたい何か特別な理由があると思えなくもない。その理由は何なのか……。

そんなことを考えているうちに時間が過ぎる。

「戸郷ちゃん遅くない？　ひょっとして怖くなって逃げたとか……」

奈々子も、絵梨の隣でエスカレーターの方に目を向けた。

　――二番線に筑前前原ゆき電車が到着します。黄色い線の後ろまで下がってお待ちください。

　アナウンスが流れ、暗いトンネルの向こうが明るくなった。電車がホームに入ってくる。

　しかし、戸郷は戻って来ない。

　やがて発車のベルが鳴り、ドアが閉まって電車は出発していった。

「なんしようと、あのまぬけ！」絵梨がバッグからスマートフォンを取り出した。「ちょっと電話してみる」

　絵梨はしばらくスマートフォンを耳に当てていたが、やがて戸郷がでたのだろう。眉が上がった。

「なにしとるん。もう電車行ったよ！」

　それから、絵梨は戸郷の言い訳を聞いているようだったが、すぐに、

「次の電車には乗るけんね。もう知らんよ」と言い捨てると、電話を切った。

「なんか大変なことが起こった、もう少し待ってくれって泣きよった」

「泣いてたんですか」

「うん、まあ、そんな感じ。ひょっとしたら、大きい方漏らしたんやなかろうか」

絵梨がまじめな顔で言った。

大変なことって何だろうとは思ったが、男子トイレに様子を見に行くわけにもいかない。次のK大学研都市駅に向かう電車は一五分後だ。奈々子は、絵梨と二人で、じりじりしながら戸郷を待った。

地下鉄区間だけを走る電車を二本やりすごした後、再びアナウンスが流れた。

——二番線に筑前前原ゆき電車が到着します。黄色い線の後ろまで下がってお待ちください。

ゆっくりと電車がホームに入ってくる。しかし戸郷は来ない。どうしようかと思っていると、戸郷が下りエスカレーターを駆け下りてくるのが見えた。

「戸郷さん、早く！」

奈々子は一言声をかけると、絵梨と一緒に急いで電車に乗り込んだ。

「ドアが閉まります。ご注意ください」のアナウンスとともに、ドアが閉まりかけたが、それをこじ開けるように戸郷が乗り込んできた。

——無理なご乗車はおやめください。電車遅れの原因になります。

車内放送が流れた。

車内は対面シートだった。奈々子たちが乗った車両には乗客は七～八人しかいない。奈々子は絵梨と並んで隅の方に座った。

できるだけ戸郷とは他人のふりをしたかったのだが、当の戸郷は周りの目など気にする様子もなく、奈々子と絵梨の間に強引に割り込むと、奈々子の方を向いた。戸郷の隣で絵梨が顔をしかめる。

戸郷は、興奮した様子で奈々子に話しかけた。

「奈々ちゃん、大変なことがあってさ」

「戸郷さん、声」

奈々子の注意を受け、戸郷は急に自分が電車の中にいることに気づいたようで、あたりを見回した。次に奈々子の方を向いた戸郷は、声を潜めて話し始めた。隣に座っている絵梨が耳をそばだてる。

「さっき、公安調査官の高野さんからまた電話があったんだ。今までは無視してたけど、ひょっとしたらアロンの消息が聞けるかもしれないと思って、今度は出てみたんだよね。そしたら、切羽詰まった様子でさ。大河内部長が二人組のやくざに捕まって、車に連れこまれたって言うんだ。きっと、僕からＵＳＢを奪おうとしたあのやくざだよ」

「えー、そうなんですか！」

さっき戸郷に注意したのも忘れ、つい大きな声が出た。周りの乗客が奈々子の方を向く。慌てて、声を潜めた。

「で、どうしたんですか」

「今から、その車に乗り込むって言って、高野さんからの電話は切れた。ただ、車のナンバーを教えてくれたから、高野さんの相棒、ほらさっき追いかけてきたラガーマンみたいなやついたじゃん。彼に電話して、警察に通報するように教えてやったんだ」

「じゃあ、今、警察が、その車を追いかけてるんですね」

「おそらくね」

「あれ?」ふと奈々子は首をかしげた。「でも、なんで高野さんは戸郷さんに電話してきたんですか」

「うーん。それはわからないけど、たぶん、僕が頼りになる男だって思ったんじゃないかな」

戸郷は胸を張ったが、絶対にそれはない。おそらく間違えて電話しただけだろう。それよりも……。

「戸郷さん、どうします？　もう警察が動いているのなら、例のコインロッカーのことも全部警察に話して、ついでに戸郷さんのご家族も保護してもらったらどうですか」

「いや、それはできないよ。アロンってやつに会って話をつけないと、一生びくびくしながら暮らさなくちゃいけないじゃない」

絵梨が、戸郷の後ろで奈々子に目配せをした。ほら、変でしょ、と伝えたいのだろう。

「どうしてもアロンに会わないといけないんですか」

奈々子は、そう言って戸郷の反応をうかがった。

「当たり前じゃない。奥さんと娘を守るために、金を先に手に入れてアロンと交渉するんだ。そのために向かってるんだよ」

戸郷が力強く言った。

「でも、戸郷ちゃん」絵梨が口をはさんだ。「誰がアロンかわかると？　ロッカーに近づく人みんなに、あなたアロンですかと聞くわけにもいかんよね」

すると、それまで自信満々だった戸郷の声のトーンが急に落ちた。

「アロンは外国人なんだから、すぐにわかるんじゃ……」

「そういうわけにはいきませんよ」奈々子がきっぱりと言った。「K大学研都市駅はK大学の最寄り駅ですから、K大に通う学生や研究者それに企業の人たちが利用します。その中には結構な数の外国人がいます。それに、そのアロンが日系人だったら、外見ではまったく判断できません」

「じゃあさ、ロッカーにQRカードをかざしている人がいれば、それがアロンなんじゃないかな」

「違うって言われたらどうするんですか」

「え？」

「自分はアロンじゃないって言われたらどうするんですか」奈々子は同じことを聞いた。

「あ……」

戸郷が上を向いて小さく声を上げた。

さっきの自信満々な態度はどこへやら、いつもの情けない顔に戻っている。「どうしよう。奈々ちゃん」

「なんでも奈々ちゃんに頼るんじゃなくて、戸郷ちゃんも自分で何か考えりーよ」

絵梨が戸郷にかみついた。

「困ったときは誰かに頼る。それが僕の人生訓なんだ」

「なん、その人生訓。子どものころ、自分のことは自分でやりなさいっていい言われれんやった？」

「今は時代が違うからね。なんでも自分一人で抱え込んじゃいけないよ。ほら、持ちつ持たれつっていうじゃない。困ったときは助け合わなきゃ」

「戸郷ちゃんは、持たれつ持たれつ、やろ」

そんな二人のやりとりの間も、奈々子の頭はすごい勢いで回転していた。

なんとかしてアロンを特定する方法を見つけなければならない。そもそも、いったい、アロンはどんなやつなんだ。

アロンは用心深い。だから、ロッカーのＱＲコードはあらかじめ紙に印刷していても、駅名をあらわす「ＪＫ０４」の方は、ＵＳＢメモリと引き換えにその場でメモに書いて絵梨に渡したのだろう。

まてよ……。ＱＲコードと「ＪＫ０４」というメッセージがあれば、誰でも金を手に入れることができる。現に、奈々子たちも大河内に渡るはずだった情報を手に入れて、金の隠し場所に向かっているのだ。だとすれば、絵梨がホテルで会ったという白いスーツを着た金髪のイケメンも、金を横取りするチャンスはあったはずだ。用心深いアロンが、そんな大切な情報を他人に教えるだろうか。ひょっとしたら……。

「アロンを特定できるかもしれません」

奈々子の言葉に、戸郷がきょとんとした顔になった。

「え？　どういうこと」

「ママが教えてくれるかもしれません」

「え？　あたしが？」

今度は絵梨がきょとんとした顔になった。

「ママ、ホテルで会った人の顔、覚えてます？」

「ホテルって？」

「ほら、今日、戸郷さんの代わりに行った」

「ああ、あれね。もちろん覚えとうよ。あんなイケメン忘れろっていう方が無理よ」

絵梨がそのときのことを思い出したのか、うっとりとした瞳で宙を見上げた。

「その男がアロンなのかもしれません」

「そうなの？」戸郷が驚いたような顔で言った。「でも、なんで？」

奈々子はさっきの自分の考えを戸郷と絵梨に話して聞かせた。

「そうか！」話を聞き終わった戸郷が声をあげた。「奈々ちゃんの言うとおり、その男がアロンだっていう可能性は高いよね。だから、もしそいつがロッカーのところに現れたら、ビンゴってことだね」

戸郷はまた元気を取り戻したようだ。

「あとは戸郷さんが、どうやってアロンと交渉するかですけど。何か考えがあるんですか？　お金を返すから、家族を見逃してくれって言うだけじゃだめだと思いますけど」

「まかしといて。いい考えがあるんだ」

戸郷が妙に自信ありげに胸をたたいた。

しかし、そんな戸郷の態度を見た奈々子は逆に心配になった。これはまずいかもしれない。本当に戸郷を信じて任せておいてもいいのだろうか。

少し考えた後、奈々子は保険をかけておくことにした。無駄になるかもしれないが、保険というのは元来そういうものだ。

奈々子が横目で戸郷の方をうかがうと、戸郷は鼻の穴を膨らませてやる気満々のようだ。

準備だけはしておくか……。奈々子は小さく息を吐くと、戸郷に気づかれないように膝の上に置いたバッグの口を開けた。奈々子の胸のどきどきが高まった。

六　アロン・イバネズの災難と事件の真相

1

アロン・イバネズは、カーナビの指示に従って今宿インターを降りると、すぐ先の交差点を右折した。

それにしても、今日はついていない一日だ……。ハンドルを握ったまま、アロンはため息をついた。

アロンは用心深い。というより他人を信じていないといった方が適切なのかもしれない。

今回の取引に限っては、自分がやるしかなかった。一億円が入っているコインロッカーの鍵と、隠してある場所の情報を誰かに託すほどお人よしではない。自分が表に出ることのリスクはあるが、他人に一億円を預けるよりはましだ。たとえそれがK国と提携する組織の人間であってもだ。

それというのも、アロンはこの取引が終われば、母国に帰ることにしている。福岡空港を午後五時に出発する飛行機に乗り、香港経由でK国に向かう予定だ。つまり、今日が日本での最後の一日になる。だからこそ、きれいに終わらせたかったのだが……。今日に限って不測の事態が次々に発生した。

まず、戸郷から受け取ったUSBメモリを、エンパイヤホテルの自分の部屋でK国から派遣された専門家に確認させたところ、余計なファイルばかりで、肝心のクラウドにアクセスするための認証情報は入っていないことがわかった。

最初は、自分の身代わりを務める小山と大河内の間で何かの行き違いがあったのだろうと思った。それで、小山に連絡したが心当たりはないという。嫌な予感がして、小山に、大河内から事情を聞くよう命じ、並行して戸郷という女を探すようにと指示した。しばらくして、小山から返事があったのだか、驚いたことに、USBメモリを持ってきた女は、戸郷ではなかった。

騙されたのは自分だが、大河内の伝え方が悪いのだ。「Ｙｕｋｉ　Ｔｏｇｏ」という名前と会社での役職、そしてstupid（まぬけ）だという情報しかないのだから、あの女を戸郷だと思うのも当然だ。

本来、あの一億円は、大河内の口を封じるためにくれてやるつもりだったのだが、こうなってしまうと、一刻も早く回収しなければならない。ホテルの駐車場に止めていたレンタカーで、金を預けたロッカーがあるK大学研都市駅に向けて出発した。

ところが、百道ランプから都市高速道路に乗ったのはいいが、すぐに事故渋滞に巻き込まれた。トラックと乗用車がぶつかって道をふさいでしまったのだ。アロンの車を含め後続車は身動きが取れなくなった。ようやく事故処理が終わり、警察の指示に従って事故現場を通過できるようになったのが、ほんの一五分前のことだ。

その結果、カーナビの予想では二五分ほどで目的地に到着できるはずが、今宿《いまじゅく》インターを降りた時点ですでに二時間近くが経過している。

それでも、車の中から小山に指示を出し、なんとか、大河内から本物のUSBメモリを手に入れることができたのは上出来だ。

ただ、このごたごたのおかげで一つだけいいこともあった。それは、大河内に支払う予定だった金が宙に浮いたことだ。

こういったたぐいの支払いを現金で行うことにしているのは、もちろん支払いの痕跡を一切残したくないという本国の意向に沿ったものなのだが、同時にそれはアロンの希望でもあった。というのも、振り込みにしても暗号資産にしても、相手方に送ってしまえばもう取り戻すことはできないが、現金なら、不測の事態が起こって取引相手が受け取ることができないときは、アロンが回収する――つまりは自分の懐に入れる――ことができるからだ。

今回の金も、本国では、技術情報の対価として支出済みになっているので、そのまま自分のものにしても誰からも文句は言われない。

小山には今日の午後三時に福岡空港にＵＳＢメモリを持ってくるよう命じてある。そこで、Ｋ国から派遣された専門家にＵＳＢメモリを渡し、自分はすぐに飛行機に乗る予定だ。

今回利用するエアラインはＫ国の息のかかった航空会社なので、事前に連絡しておけば、一億円の入ったトランクを預かり手荷物としてこっそり航空機に積み込んでくれるはずだ。

あとは、国外に出るまでの間、小山たちが公安調査官を足止めしてくれればいい。

アロンは車をゆっくり走らせる。こんなところで警察に捕まっては意味がないからだ。

通りの左側に並んだ中華料理屋とコンビニエンスストアの前を通り過ぎ、その先の交差点を左に曲がる。すぐ右手に警察署があった。漢字は分からないがPOLICEの文字は読める。

まったく、このまま自分を見逃すとは、大丈夫か？　アロンは余裕の笑みを浮かべた。目的地のK大学研前駅は近い。そのとき、ふと、アロンの頭の中に、戸郷の名を騙った女の顔が浮かんだ。まさかとは思うが、あの女が、金の隠し場所に気づいて、先に手に入れてはいないだろうか。

アロンは首を振った。小さく笑みを漏らす。いやそんなはずはない。あのstupidな女が、たったあれだけの情報で金の隠し場所にたどり着けるはずがない。

それより、このボーナスをなにに使おうか。新しい車を買うのもいいかもしれない。

そんなことを考えていると、カーナビが、目的地が近いことを告げた。

アロンは、駅から少し離れたコインパーキングに車を入れた。金を預けに来た時と同じパーキングだ。車を降りると、駅の方に向かって歩き始めた。

まだ五月なのに今日も日差しが強い。アロンは、サングラスをかけたままの目を細めた。

歩道を早足で歩く。すぐに右側に駅が見えてきた。駅前の横断歩道を渡って、広い歩道をまっすぐ二百メートルほど進んだ先が、K大学研都市駅だ。

あたりを警戒しながら駅に近づいた。大丈夫だとは思うが、用心するに越したことはない。今のところ、警察と思しき人影は見あたらない。

K大学研都市駅の南口から、ゆっくりと駅の構内に足を踏み入れる。左側には不動産屋とコンビニエンスストアが並び、右側は駅の窓口と自動改札になっている。大学が近いせいか、この時間でも駅構内には学生らしき若者の姿が目立つ。

目指すコインロッカーは、このまま駅構内を抜けた先にある。

構内を横切り北口から外に出ると、さりげなくあたりをうかがった。駅前にあるK大学行きのバス停には、こんな時間にもかかわらず学生たちの長い列ができている。スーツ姿の男女が混じっているのは、おそらく大学に用事がある企業関係者か研究者なのだろう。留学生なのか、外国人の姿もちらほら見えた。

アロンは右に目をやった。そこにコインロッカーがある。今朝、一億円を預けたロッカーだ。幸い近くに人影はない。

ロッカーに近づくと、スーツのポケットからスマートフォンを取り出した。事前に撮影しておいたQRコードの画像を開く。そこに映っているQRコードが、ロッカーの鍵になっている。

アロンは、コインロッカーの中央に設置されている液晶パネルを操作し、鍵の種類からQRコードを選択すると、読み取り機にスマートフォンの画面を近づけた。

しかし……何も起こらない。

アロンはいぶかし気に眉を上げた。本来なら、これで鍵が開くはずなのだが。

スマートフォンの画像を確認した。間違いない。朝、撮ったQRコードだ。もう一度読み取り機にかざす。しかし、反応がない。

首をかしげたとき、急に後ろから声をかけられた。

「お探しのスーツケースはこれですか？　アロンさん」

振り向いた先にいたのは……。

2

アロンがK大学研都市駅の構内に足を踏み入れる一〇分ほど前、奈々子たち三人が乗った電車は駅に到着した。奈々子たちは先を争うように改札を抜けると、駅前に設置されているコインロッカーに直行した。

絵梨がきょろきょろとあたりを見回す。なにせ、メリハンと名乗ったイケメンの顔がわかるのは絵梨しかいない。

「どう？」戸郷が聞いた。

「近くには、おらんみたい」

絵梨の返事を聞いて、戸郷がロッカーに近づいた。液晶パネルを操作して準備を整えると、戸郷は、奈々子と絵梨の顔を交互に見た。

「やるよ」

戸郷はスーツの内ポケットから例のパンフレットを取り出した。ごくりと喉を鳴らして、ＱＲコードを読み取り機にかざす。ぴーっという音とともに、鍵が外れる音がした。

やった！　奈々子は心の中で叫んだ。まだアロンは到着していなかったようだ。

開いたのは十二番のロッカーだ。戸郷がそっと扉を開けて、中から、銀色に輝く小型のスーツケースを取り出した。

戸郷はスーツケースのキャリーハンドルを伸ばすと、奈々子と絵梨に目配せした。何食わぬ顔でスーツケースを引きながらロッカーを離れる。奈々子と絵梨も戸郷の後を追った。

いったん駅を離れ、線路の高架に沿って急ぎ足で進む。すぐ先に居酒屋があった。この時間なのでまだ営業はしていない。

あたりに人影はない。戸郷は、居酒屋の大きな看板の陰に例のスーツケースを寝かせた。

戸郷がしゃがみ込む。奈々子と絵梨も、スーツケースを取り巻くようにしゃがんだ。

戸郷が慎重な手つきで、留め金を外す。かちゃっという乾いた音がみょうに大きく聞こえた。ファスナーを開いて、ゆっくりと上蓋を上げる。

奈々子は思わず息をのんだ。スーツケースの中には百万円ごとに帯封をされた札束が、それこそ束になって入っていたのだ。奈々子はどきどきする胸をそっと押さえた。

絵梨が札束を一つ持ち上げて、ぱらぱらと中を確認した。

「本物みたいやね」絵梨の声が上ずっている。

奈々子もこれだけの札束を見るのは初めての経験だ。せっかくなので、両手で札束の山をすくってみた。バッグに落ちる札束が、ぼたぼたと音を立てる。

「よく映画なんかでこうやってるじゃないですか。一回やってみたかったんですよねー」

「奈々ちゃん。お金で遊んじゃだめでしょ。子どものころ言われなかった？」

戸郷にたしなめられたが、奈々子はもう一度、札束の山をすくった。なんとなく楽しい。

今度は、札束を一つ手に持って、ぱらぱらとめくってみた。絵梨の言うとおり、間違いなく中身はすべて本物の一万円札だ。一束は思いのほか軽く感じるが、これが五十束、百束となると結構な重さになるだろう。

「全部でどれくらいあるんですか」

奈々子の問いに、絵梨が答えた。

「五千万、いや一億はありそうやね」

そう言いながらも、絵梨の目は札束の山にくぎ付けだ。やがて、絵梨は札束から目を離すと、戸郷にすがるような目を向けた。

「ねえ、戸郷ちゃん。うちの弟のために、ちょっとだけ、三百万、いや二百万でいいから分けてくれん？」

「だめ」戸郷はすげなく言った。「これでアロンと交渉するんだから」

「ちょっとぐらい少なくなってもわからんよ。ね。だからさ」

絵梨が科《しな》を作って戸郷にすり寄ったが、あまり効果はなかったようだ。

「お金をスーツケースに戻してね。はい、奈々ちゃんも」

絵梨が未練たっぷりに、手に持った札束をバッグに放った。奈々子も、握った札束をバッグの隅に押し込む。

「はい。これでおしまい」

戸郷は、上蓋を閉じた。

ファスナーを閉めて、再び留め金をかけると、戸郷は、淡々とした口調で、

「ここで、アロンが来るのを待とう」と言った。

絵梨が小さく舌打ちをする。

奈々子は、そっと自分の手のひらに目を落とした。札束の感触がまだ手に残っている。

奈々子たち三人は居酒屋の大きな看板の後ろにしゃがみこんだまま、駅前のコインロッカーを見張った。ここからなら、ロッカーに近づく者がいれば見落とすことはない。

奈々子は、もう一度戸郷に確認した。

「戸郷さん、本当に、アロンと交渉するつもりなんですか」

「当たり前でしょ？　そのために、苦労して先にこの金を手に入れたんじゃない」

「でも、どうやって交渉するんですか？　もう、例のやくざも大河内さんも警察に捕まっているかもしれないんですよ。この状況なら、アロンも今さら戸郷さんの家族に危害を加えたりしないんじゃないですか」

「じゃあ、どうしろっていうのさ」戸郷が不服そうに言った。

「警察にすべて話して、保護を求めるべきだと思います。さっきから、戸郷さんのスマートフォンが震えてるみたいですけど、戸郷さんが助けた公安調査官の高野さんからの連絡じゃないんですか」

戸郷が慌てて胸ポケットの上からスマートフォンを押さえた。

「だったら、どうなのさ」

「高野さんも助けてくれますから、きっと大丈夫ですよ。ね、そうしましょう」

どう考えても、戸郷の妻と娘を危険にさらさないようにしようと思うのなら、警察に助けを求めた方がいい。

奈々子の提案を聞いた戸郷は、うつむいて何ごとか考えているようだったが、やがて意を決したように顔を上げると、いつになく真剣な目を奈々子に向けた。

「奈々ちゃん、僕を信じてほしい。もう少しだけ警察に連絡するのは待ってくれないかな。その時がきたら、絶対に僕が連絡するから」

「どうして、そんなにアロンと会いたいんですか。アロンと戸郷さんの間に何があるんですか」

奈々子の問いに、戸郷が黙り込んだ。それを見た絵梨が口をはさむ。

「アロンって、やっぱり、戸郷ちゃんの元カレなん?」

絵梨の質問を無視して、ようやく戸郷は重い口を開いた。

「うーん。正確に言うと、アロンと会いたいというより……」

「もう、待てません。私が警察に連絡します」

奈々子はスマートフォンを取り出した。

すると、戸郷が情けない声をあげた。

「待った。もう正直に言うよ。実をいうと、僕は神奈川県警公安一課の刑事なんだ」

「こーあん!」

打ち合わせたわけでもないのに、奈々子と絵梨の声がかぶった。

「ＩＴＯ社の技術が狙われてるって、神奈川県警に通報があったの。それで、僕が先月から潜入捜査してたわけ」

まさか、戸郷が刑事……。いや、言われてみれば、確かにそういう気配はあった。マンションに囲まれた公園で戸郷のスマートフォンの着信履歴をのぞいたとき、高野とは別の誰かから何度も着信があったし、絵梨と話をする間も戸郷はスマートフォンをしきりに触っていた。あれは、神奈川県警と連絡を取り合っていたのかもしれない。

家族を守るためにと言ってアロンに会いたがる一方で、アロンとどうやって交渉するのかを考えている様子はなかった。もし、戸郷が潜入捜査官なら、自宅の住所も妻も娘もすべて架空のものに違いない。奈々子たちには家族を心配するそぶりを見せながら、本当は、奈々子たちを利用してアロンを逮捕しようとしていたのか。

公安調査官の高野を避けていたことも、公安警察と公安調査庁が別の組織でライバル関係にあると考えれば納得できる。

そうなると、大河内から預かったＵＳＢメモリを会社に忘れたというのは嘘で、本当は鑑識に回したということか。

周りのいろんな状況は、戸郷が公安警察である可能性を示唆していた。ただ、あまりに戸郷が頼りないので、これまでそのことに思い至らなかっただけだ。

声を失う奈々子と絵梨に向かって戸郷が続けた。

「潜入したのはいいけど、何にもつかめないうちに、大河内部長から福岡に出張を命じられてさ。今日だって、朝から、いったい何が起こってるのか、ちっともわかんなかったんだからね。それが、やっとここまで真相を突きとめたんだよ。あとは、アロンがコインロッカーから金を回収しようとしたところを押さえれば、大手柄じゃない。頼むから、僕に逮捕させてよ。今、警察に連絡したら、福岡県警の手柄になっちゃうでしょう？　それでなくても、さっき公安調査官の高野さんを助けるために福岡県警に一つ手柄を譲ったんだよ。警察に連絡するのは、僕がアロンを確保してからでもいいでしょう？」

戸郷が必死の形相で訴えた。

奈々子は絵梨と顔を見合わせた。せっかく少し戸郷を見直したところだったのに、ここまであからさまに県警間の手柄争いの話をされると、正直興ざめではある。ただ、戸郷が刑事なら、とりあえず任せてみるのも手だ。

どうやら思いは同じだったようで、絵梨が小さく肩をすくめた。それは、しかたないよねの合図だ。

「わかりました。じゃあ、一一〇番するタイミングは、戸郷さんにお任せします」

「ありがとう。恩に着るよ」

戸郷が手を合わせたときである。

「あ！」駅の方に体を向けていた絵梨が、看板の陰で慌てて体を小さくした。

「どうしたんですか」

絵梨は奈々子の問いには答えず、看板の陰からそっと顔を出して駅の方をうかがっている。やがて、絵梨は興奮したような表情で戸郷の方を振り向いた。

「あの人よ」絵梨が小さな声で戸郷に告げる。

それを聞いた戸郷は、絵梨に代わって看板の陰から駅の方をうかがった。

奈々子も、戸郷の後ろから駅の方に目をこらした。奈々子の目に、サングラスをかけ白いスーツを着た背の高い外国人の姿が映る。男は駅構内から出てきたばかりのようで、駅前に立ち止まってあたりをうかがっている。

「本当に？　間違いない？」

戸郷が確かめると、絵梨はしゃがんだまま、腰に両手を当てた。

「あたし、目だけはいいとよ。それに、あんなイケメン見間違えるはずないやん」

自信満々である。

絵梨がホテルで会った男がここに現れた。ということは、あの男がアロンなのだろう。

戸郷は顔を引っ込めて、奈々子と絵梨を交互に見た。

「二人は、ここを動かないように。いいね」

そんな戸郷に、絵梨が、期待のこもった目で声をかけた。

「戸郷ちゃん、そのスーツケース預かろうか」

「だめ。これをママに預けたら、いくらか中身を抜いちゃうでしょう?」

「なによ。ケチ」

絵梨がぷいと横を向いた。どうやら、本当にそのつもりだったようだ。

「じゃあ、二人ともここでじっとしててね。わかった?」

戸郷が再び念を押した。絵梨はそっぽを向いたままである。

「戸郷さん一人で大丈夫ですか」

奈々子が声をかけると、戸郷は笑顔を見せた。

「任しといてよ。僕は刑事だよ」戸郷は一つ自分の胸をたたいた。

戸郷は立ち上がると、スーツケースを引きながら、駅前にいる白スーツの男にゆっくり近づいていく。

奈々子も戸郷の後を追うために立ち上がった。すると絵梨が奈々子の腕を引いた。

「なんしようと、奈々ちゃん。じっとしてなきゃ」

「大丈夫です。あたしアロンって人に顔を知られてないから」

「そんなことじゃなくて、戸郷ちゃんからも、ここにいるように言われたやろ」

「でもママ」奈々子は興奮を抑えきれずに続けた。「目の前で逮捕劇が始まるんですよ。近くで見なくてどうするんですか」

奈々子は絵梨に向かって微笑んだ。確かに危険はあるが、わくわくどきどき感の方が大きい。奈々子はこの期に及んで、自分の変わった性格を再認識した。

「もう、しようがないなー。でも、気を付けてね」

止めても無駄だと悟ったのだろう、絵梨が心配そうな顔をしたままで、奈々子から手を離した。

奈々子は、戸郷の後ろを歩き始めた。気配に気づいたのか、戸郷が途中で振り向く。戸郷の口が「もどって」と動いたが、奈々子は知らないふりをした。

戸郷はあきらめたようで、再び駅に向かって歩き始めた。奈々子もその後ろに続く。

さっきの白スーツの外国人が、駅前に設置されたコインロッカーのQRコードの読み取り機に自分のスマートフォンをかざしている。しかし、ロッカーが開く気配はない。

当たり前だ、その前に奈々子たちが中身を取り出しているのだから。ただ、このことで、奈々子には、一つだけわかったことがある。間違いなく、この男がアロンだ。

しばらくして、男はスマートフォンを持ったまま、首をかしげた。

そのとき、戸郷がアロンの背中に声をかけた。

「お探しのスーツケースはこれですか？　アロンさん」

びっくりしたように振り向いたアロンは、最初に戸郷の顔に目を向け、それから、戸郷の足元に置かれた銀色のスーツケースに目を落とした。

サングラスのせいで直接見ることはできないが、奈々子には、アロンの目が少し見開かれたように思えた。

アロンは、戸郷の呼びかけには答えず、黙ってこちらに背を向けると、駅の方に歩き始めた。戸郷が急いでその前方に回り込み、アロンの前で両手を広げる。

「そこまでですよ。アロンさん」

アロンは突然、戸郷に体当たりをした。戸郷が尻もちをついて地面に倒れ込む。

「暴行された！　誰か！」

戸郷が地面に座ったまま、アロンを指さした。

なるほど。暴行罪の現行犯ね。これで、とりあえず逮捕ができる。少し戸郷のことを見直した奈々子だったが、戸郷を見ると、地面に座り込んで腰を押さえている。どうやら、さっき倒れた拍子に腰を強く打ってすぐには動けないようだ。

一方、アロンは、少し驚いた様子を見せたが、何事もなかったかのように速足で駅の構内に入っていく。

こうなったら、あたしが行くしかない。

奈々子は、急いでアロンを追いかけた。アロンが駅の構内を抜け南口から外に出たところで追いついた。

奈々子はアロンを追い越して前に立つと、両手を広げてこう言った。

「ストップ！」

3

奈々子がK大学研都市駅でアロンと対峙しているころ、高野みずほは、福岡タワーの近くにある早良《さわら》警察署の二階の廊下で、富樫と二人、堅い木のベンチに座っていた。偽アロンこと小山、黒スーツの尋木、もう一人のチンピラやくざの太田《おおた》——名前はさっき知ったばかりなのだが——それに大河内を加えた四人は、それぞれ取調室に連れていかれて、事情聴取を受けている。

思ったとおり、小山たち三人は、一切、取り調べに応じていないようだ。これはしかたがない。おそらく、三人ともどこかの組織の人間だ。彼らにとって刑務所に入ることはさほど怖くない。しかも、罪状から考えて刑期もそう長くならないだろう。K国と組織との間で結ばれた契約を守って何もしゃべらないのは当然だ。

意外なことに、大河内の方も黙秘しているらしい。ここで罪を認めれば自分は終わりだとわかっているのだ。

小山が壊したUSBメモリは警察がデータの復元を試みているようだが、あれだけ破壊されてしまえば、もう証拠としては使うのは難しいだろう。それがわかっているからこそ、大河内も黙秘しているのかもしれない。

もっとも、大河内の犯罪を立証するだけなら、さほど難しくはない。ＩＴＯ社のシステムを調べれば、大河内がデータを盗んだ痕跡がどこかに残っているに違いない。それに、戸郷も、壊されたものと同じデータの入ったＵＳＢメモリを所持しているはずだ。

そして、今回のことで、大河内と小山――つまり偽アロン――との間に、つながりがあることが明らかになった。あとは、小山と本物のアロンとの関係を立証できれば、アロンを逮捕することができる。現在、公安調査庁の総力を挙げて、小山とアロンとの関係を調査しているところだ。

しかし……。このままでは間に合わない。

小山とアロンはテレグラムのような秘匿性の高い通信アプリを使っていただろうから、メールのやり取りから二人の関係を立証するのは難しい。そうなると地道な捜査しかないが、それには時間が必要だ。

アロンは空港にＵＳＢメモリを持ってくるよう、小山に命じているようだ。危険を感じたアロンが国外に脱出してしまえば、もう逮捕することはできなくなる。

もちろん今から空港に誰かを送ってもらうよう警察に頼むこともできるが、アロンが空港に現れると思っているのはみずほだけで、小山が口を割らない限り確証はない。警察がみずほの意見を素直に聞いてくれるとも思えないし、何より、今アロンを見つけても拘束する理由がない。

みずほの隣では、富樫がのんびり缶コーヒーを飲んでいる。

「惜しかったっすね。もう少しでアロンまで手が届いたのに」

富樫の言いたいことは、みずほにもよくわかった。みずほたちは一年間もアロンを追ってきたのだ。警察に手柄を取られたとしても、アロンだけは逃がしたくなかった。この後、調査を継続してアロンが工作員だとわかっても、母国に帰っていればもう捕まえることはできない。

みずほのやりきれない気持ちに気づいたのか、富樫がことさら明るい声をあげた。

「でも、まあ、統括が無茶したおかげで、技術情報の流出も防げたし、大河内や小山なんかも逮捕できたんですから、結果的にはよかったっすね。この後、小山が所属していた組織を特定してR国との関係を調べたら、また面白い事実が出てくるかもしれませんし」

富樫のやさしさはありがたいが、どうしても悔しさのほうが先に立つ。

みずほの様子を見て話を変えようと思ったのだろう、富樫が缶コーヒーを一気に飲み干して、言った。

「それにしても、戸郷のやつ、どこにいるんですかね」

富樫に指摘されるまでもなく、みずほも、戸郷の行方が気になっていた。しかし、さっきから何度電話しても、戸郷は出ようとしない。しかたなく、連絡が欲しいとショートメールを送ってみたが、こちらにも返信がない。これは、みずほとは話をしたくないという戸郷の意思表示だ。

黙ったままのみずほに、富樫がさらに問いかけた。

「戸郷って、何者なんですかね。USBメモリは渡さないし、こっちの捜査には協力しないし、それでいて、GPS発信機をやくざのポケットに仕掛けたりして、本当に、ITO社に勤めている、ただの会社員なんですかね」

そのことに関して、さっきから、みずほは一つの疑念をぬぐい切れずにいた。そして、皮肉なことに、それが最後の希望になっている。

みずほは、うつむいたまま、ぽつりと言った。

「戸郷って、本当は公安警察じゃないのかな」

「えー！」富樫が素っ頓狂な声をあげた。「あんな奴が……警察？」

富樫の戸惑いはわからなくもない。戸郷は確かに警察官には見えない。しかし、戸郷が潜入捜査官だとしたらどうだろう。警察官に見えないことは、最大の強みだ。

「警察もＩＴＯ社のことをつかんでいて、戸郷に潜入捜査をさせていたとしたらどうなのかな。戸郷が、ＵＳＢを渡さなかったこと、あたしたちを避けていたこと、ＧＰＳ発信機を持っていたこと、全部説明がつくじゃない」

「それはそうかもしれませんけど……俺には信じられないっすね」

富樫が納得できないというように首を振った。

そのとき、高野のスマートフォンが震えた。急いでスマートフォンを開く。ショートメールが届いたようだ。

みずほは、不安と期待がまじりあったような気持ちで、メールを開いた。「思ったとおり」なのか、「意外にも」なのか、それは戸郷からのメールだった。そこにはこう書かれていた。

――Ｋ大学研都市駅にアロンが現れた。今なら現行犯逮捕可能。至急対応を。

「これって本当っすかね」富樫が横から画面をのぞき込みながら言った。

「わからない。でも、これまでの流れからすると、戸郷がキーパーソンであることは間違いない」

みずほはベンチから立ち上がった。

「警察に出動を要請する」

一言いい残すと、みずほは駆け足で刑事課に向かった。

でも……。早良署の廊下を走りながらみずほは首をかしげた。どうして、自分で警察に連絡しないいんだろう?

4

奈々子は、両手を広げたまま、アロンと向き合っていた。

サングラスのせいではっきりと表情はわからないが、アロンの態度には余裕がある。見たところ、アロンは、百九十センチ近くはありそうだ。胸板も厚い。奈々子一人を押しのけて進むことに、なんの問題もないと思っているのだろう。

でも、そういうわけにはいかないんだなー、これが……。

奈々子の視線は、アロンではなく、その後ろにある駅に向けられていた。

駅の南口から、男子大学生たちが続々と湧き出てくる。彼らは、一様に奈々子に目で合図を送ると、奈々子とアロンを取り囲んでいく。

アロンの表情が微妙に動いた。明らかに戸惑っている顔だ。周りに学生がどんどん集まってきたからだろう。

この学生たちは奈々子が呼んだのだ。特に難しいことをしたわけではない。電車の中でエックスにこう投稿しただけだ。

――【緊急】手が空いてる人は、今すぐK大学研都市駅に集まって！　そして、バス停に並ぶふりをして、私が危なくなったら助けて。訳は後で話すけど、きっと一生の思い出になるから。お願い！

あっというまに、奈々子とアロンの周りには、五十人近い学生たち――つまりは奈々子のフォロワーたちの輪ができた。

「アロンさん、さっき男性を突き飛ばした行為は暴行罪にあたります。警察に行きましょう」

その瞬間、アロンが、奈々子を押し退けて輪の外に逃げ出そうとした。

奈々子はこのときを待っていた。

「暴行された。その人を捕まえて！」

奈々子の指示を受け、学生たちが一斉にアロンに襲い掛かった。

「春日さんになんしようとか！」

アロンも抵抗しようとしたが、学生の中にはアメフト部や柔道部らしき学生も混じっていて、すぐに地面に倒され抑えこまれた。

「誰か警察を！」

あたりは騒然としている。そのとき突然、パトカーのサイレンが響いた。

駅南口のロータリーに、パトカーが続々と入ってくる。

パトカーから降りた私服や制服の警察官たちが学生たちをかき分けてアロンを確保した。

「さっきその人から、突き飛ばされそうになりました」

奈々子の証言を聞いて、警察官はアロンをパトカーに連行していった。その後ろ姿を見ながら、学生の一人が奈々子に尋ねた。

「春日さん、これってどういうこと？　さっきの外国人は誰なん？」

周りのみんなも、説明を求めるような目で奈々子の方を見ている。

あたしの出番だ！

奈々子は、近くにあったベンチの上に立つと、集まってくれた自分のフォロワーたちを見渡した。そして、地元の夏祭りに参加したご当地アイドルが、パイプで組んだステージ上から呼びかけるようなイメージでこう言った。

「みんな、集まってくれてありがとう！　あたしたち、外国の工作員を捕まえたんよ。すごくない？　こんな経験、もう一生できんよ。みんなあたしに感謝してね！」

5

奈々子が西警察署の二階にある取調室で簡単な聴取を受け終えて部屋を出ると、廊下に置いてあるベンチから、一組の男女が立ち上がった。

「公安調査官の高野みずほです」と女性が名乗った。

「春日奈々子です」奈々子も頭を下げた。

「わが国の経済安全保障の確保にご協力いただき、ありがとうございます」

高野と名乗る女性と後ろに立っている大男が深く頭を下げた。

「いえ、そんなに立派なことをしたわけでは……」

奈々子は面はゆい思いがした。今回、アロン逮捕に協力したのも、別に日本のためというわけではない。もちろん、戸郷のためでもない。一番の理由は、奈々子自身がどきどきしたかったからだ。

「戸郷さんから通報を受けて、最寄りの西警察署に緊急出動を要請しました。間に合ってよかったです」

「ああ、戸郷さんが……」

奈々子はうなずいた。どうりで、いいタイミングでパトカーがやってきたはずだ。

高野は、話を続けた。

「戸郷さんのおかげで、監禁されていた私は救出され、技術情報は守られ、最終的にアロンを逮捕することができました」

うーん。それって、半分以上はあたしのおかげなんだけどな、と奈々子は思ったが、あえて口には出さない。

「戸郷さんもここにいるんですか」奈々子は尋ねた。

あの騒動の後、奈々子は関係者としてパトカーに乗せられ、そのままここに連れてこられたので、戸郷とは会っていない。

「いいえ。ここにはいません」高野は答えた。「それより、戸郷さんが何者なのか、春日さんは聞いていますか」

「はい」奈々子はうなずいた。「本人から神奈川県警公安一課の刑事だと聞きました」

「そうなんですか……」高野は目を細めた。納得していない顔だ。

「違うんですか？」

奈々子が聞くと、高野は感情を消した声で言った。

「私も、少し前まではそう思っていました。でも、そうだとすると不自然なことがあります」

「なんですか？」

「私に連絡してきたことです」

「え？　どうして高野さんに連絡するのが不自然なんですか」

「私は公安調査庁の人間です。連絡するなら福岡県警にするはずです」

「でも、戸郷さんは福岡県警に手柄を渡したくないって言ってましたよ。だからじゃないですか」

　すると、高野は自嘲気味に笑った。

「残念ながら公安調査庁に逮捕権はありませんし、警察との間に協力関係もありません。ですから、警察官が犯人逮捕に関して公安調査庁に助けを求めることは考えられないんです。それに、都道府県警察の公安部門は警察庁の直接指揮下にあるので、基本的には県警間の手柄争いもありません。ですから、助けを求めるなら福岡県警のはずです。でも、戸郷さんは私に連絡してきました。その理由として考えられることは一つ。それは、彼が神奈川県警の刑事ではないということです」

　それを聞いて奈々子の胸の中がざわついた。

「そうなんですか……。じゃあ、戸郷さんは……？」

「戸郷さんが何者なのか、現段階ではわかりません。でも、一つだけ問題があります」

　高野が眉間にしわを寄せた。「戸郷さんが消えました」

「戸郷さんが……消えた？」奈々子は思わず聞き返した。

「警察と一緒に私も探しましたが、駅の近くにもいないし、スマートフォンに連絡してももつながりません」

高野の話に、奈々子の心臓が早鐘を打った。

「それで、春日さんにお伺いしたいのですが、戸郷さんの行き先に心当たりはありませんか」

「ごめんなさい。わかりません」

奈々子が答えると、高野は肩を落とした。

「そうですか……。そうでしょうね。それだけ確認したかったんです」

「お力になれずにすみません」奈々子は頭を下げた。

「いいえ。そんなことありません。アロンを足止めすることができたのは春日さんのおかげです」

その後、高野は、奈々子にというより自分自身に言い聞かせるように続けた。

「これで戸郷さんのことは一旦終わりにします。あまり長い時間アロンを拘留しておくことはできませんが、今日の飛行機には乗れないでしょうから、少しだけ猶予ができました。その間に、なんとしてでも逮捕状がとれるだけの証拠を集めます」

「がんばってください」

奈々子の励ましに、高野はようやく笑顔を見せた。

「ありがとうございます。お疲れのところ、お引止めして申し訳ありませんでした」

一礼してその場を立ち去ろうとした高野の背中に、奈々子はそっと声をかけた。一つだけ、どうしても確認しておきたいことがあったのだ。

「あのー……」

「何でしょう?」

振り向いた高野に奈々子は小さな声で聞いた。

「K大学研都市駅の近くに、銀色のスーツケースが落ちていませんでしたか?」

「スーツケース? 何ですかそれは? 現場にそんなものはありませんでしたけど」

高野が怪訝《けげん》な顔をして答えた。

6

「いったい何を考えてるの!」

安藤珠代は思わず大きな声を上げた。

珠代の声に驚いたのか、歩道を行き交う人たちが一斉に目を向ける。その視線を感じて、珠代は自分が会社近くの歩道のベンチに座っていることを思い出した。

スマートフォンを耳にあてた珠代は、少し声を落とした。

「なんでそんな馬鹿なまねをしたの」

すると、電話の向こうからのんびりとした声が返ってきた。

「だって、しょうがないじゃない。神奈川県警の刑事だって言っちゃったんだから、自分が行かないと嘘だってばれちゃうでしょう？」

「だからって、素人のあなたが、その外国人を逮捕しにいかなくてもよかったんじゃない？　奈々子と絵梨っていう人に、今から福岡県警に連絡するけど、秘密の話があるので、ちょっと外してほしいとか何とか言って、逃げてきたらいいじゃない」

「ああ、なるほど。そういう手もあったかもね」

電話の向こうで、戸郷が気楽な調子で言う。

はあ、と珠代はため息をついた。もう少しで、せっかくの計画が台無しになるところだった。

ふう、と今度は安どの息をつく。でもまあ、とりあえず金は手に入ったようなので、よしとしよう。

＊

珠代が大河内の不自然な行動に気づいたのは、三か月ほど前だった。

その日、珠代がランチから戻ると、庶務課で隣の席に座っている山下翔太《やましたしょうた》が満面に笑みをたたえてパソコンに向かっていた。小さく鼻歌も歌っているようだ。

「どうしたの。何かいいことでもあった？」

珠代が尋ねると、山下は笑顔でこう答えた。

「今度、福岡に出張することになりました」

「へー。福岡に……。なんの用事で？」

「外資系の会社にわが社のプレゼンをするんです」

「君が？」

珠代は眉をしかめた。山下は、名前も聞いたことのない地方大学を卒業して昨年の四月に採用されたのだが、仕事ができないことで有名だ。採用されて日が浅いことを差し引いても、まったく使い物にならない。計算はできない。文書は作れない。電話の取次ぎさえ満足にできないのだ。これなら高校生のアルバイトの方がまだましだ。そういうわけで、庶務課の女子社員の間では、「お荷物君」と呼ばれている。

そんなやつが、外資系の会社にプレゼンだって?

「誰が、そんなことを君に頼んだの?」

「開発部の大河内部長です」山下は得意げに答えた。

珠代は再び眉をしかめた。

なぜ開発部の部長が庶務課の新人に出張を命じるのか。開発部には、あれだけ多くの社員がいるのに……。

山下は珠代の思いなど気づかないように続けた。

「僕、福岡に行くのって初めてなんですよ。絶対、豚骨ラーメンともつ鍋を食べてきます」

福岡=ラーメンともつ鍋、の時点で仕事ができないのがわかる。

「よかったね。ま、がんばってね」

と言って、その日は話を打ち切った。

翌日、旅費システムに、山下から福岡への出張旅費の請求が届いた。何気なく内容を見ると、用務の場所と相手先に見覚えがある。

エンパイヤホテルとアナトリアトレーディング社……？

珠代は、過去に支払った旅費のデータを確認してみた。すると、出張した社員は違うものの、ここ半年の間に、二度、福岡にあるエンパイヤホテルでアナトリアトレーディング社とのミーティングが行われていることがわかった。

しかも、過去に出張した二人は、開発部と営業部の社員だが、二人とも新人で、そろって周りから評価されていない——いわゆる仕事のできない社員だ。そして、出張を命じたのは、どちらも大河内開発部長。

今回、庶務課の山下が出張を命じられているので、同じ場所、同じ相手とのミーティングに、仕事のできない新人社員が三度も出張を命じられていることになる。

何かおかしい……。

それは直観だった。ここ数年、社内での大河内の立場は微妙だ。社長の伊藤とうまくいっていないことは、社員みんなが知っている。その大河内が、何度も奇妙な出張を命じている。

珠代は、大河内に命じられて福岡に出張した開発部と営業部の社員にそれとなく話を聞いてみた。すると、二人とも、エンパイヤホテルで簡単な説明をした後、大河内から預かったUSBメモリをアナトリアトレーディング社の社員に渡し、代わりに大河内へのお土産として、博多通りもんの箱をもらってきたということだった。

それを聞いて思いついた。ひょっとすると、大河内はITO社が保有する技術情報を、その外資系の会社に売って金をもらっているのではないか。USBメモリの中に技術情報が入っていて、お土産の博多通りもんの箱の中に謝礼が入っているとしたらどうだろう。

考えれば考えるほど、この考えは的を射ているような気がした。

どうにかして、大河内の尻尾を捕まえることはできないか。そう考えていた珠代に、絶好のチャンスが舞い込んだ。

二月の末、珠代がデスクでパソコンに向かっていると、大河内から出張を命じられていた山下が福岡から戻ってきた。

「ただいま」

真っ青な顔で、山下は博多通りもんの入った袋を自分のデスクの上に置いた。

「どうしたの？　具合悪いの？」

「なんだか今朝から体調が悪いんです。なんとか福岡での仕事はこなしたんですけど、頭は痛いし、背中はぞくぞくするし、気分は悪いし、それで、仕事が終わってすぐタクシーで福岡空港に直行して、一番早い便で帰ってきたんです」

「それは大変だったわね。早くうちに帰って病院に行きなさいよ」

「そうしたいのはやまやまなんですけど、戻ったら、すぐに大河内部長に報告するように言われてるんです。でも、大河内部長、今は外出してて、三時過ぎまで戻らないみたいなんで……」

「そうなの」と言いながら珠代は心の中で舌なめずりをした。

「大河内部長に伝えていた便より、ずいぶん早い便に乗っちゃいましたからね。とにかく、大河内部長が戻ってくるまでは待ってないといけないので」

「そんなこと気にする必要ないわよ。特別に報告することなんてないんでしょう?」

「それはそうですけど」

「ひょっとしたら悪い病気かもしれないし。手遅れにならないうちに、早く病院に行った方がいいって。報告なら、わたしがしといてあげるから」

山下は少し迷っているようだったが、やがて決心がついたのか、博多通りもんが入った紙袋を珠代に差し出した。

「そういうことでしたらお言葉に甘えて帰らせていただきます。大河内部長には、言われたとおりにちゃんとやっときましたと伝えてください。お土産も渡してください。よろしくお願いします」

それだけ言うと、山下はよろめきながら帰っていった。

珠代は、しょうがないわねというように、他の女子社員に肩をすくめてみせると、さりげないしぐさで引き出しを開けた。中からカッターナイフとスティックのりを取り出すと、ポケットに入れる。

「じゃ、とりあえずお土産だけ大河内部長の机の上に置いてくる」

珠代は席を立った。庶務課の女子社員がパソコンに顔を向けたのを確認して、奥の出入り口から廊下に出た。向かいにはＩＴＯ社の会議室が並んでいる。珠代はその中の一つに体を滑り込ませると鍵をかけた。ブラインドを下して廊下から部屋の中の様子が見えないようにする。

部屋の電気をつけた後、会議室のテーブルの上で、紙袋から博多通りもんの箱を取り出した。包装は、よくあるキャラメル包みで、黄色い包装紙の側面が二か所織り込んで糊で留めてある。よく見ると、片方は、織り込んだ端が浮いているが、もう片方は、一度はがした跡を隠すように端までしっかり糊で留めてある。

珠代は、端が浮いている方の隙間にカッターナイフを差し込んだ。糊づけされた部分に沿ってゆっくりとナイフを動かす。側面を切り開いたところで、指を入れて慎重に中の箱を取り出した。

一つ深呼吸して、白い箱のふたをそっと開ける。

あった！

思ったとおり、饅頭の上に茶封筒が二つ乗っていた。取り出して中を確認する。どちらの封筒にも百万円の束が入っていた。

さて、どうするか……。珠代は腕組みをした。

最初に考えたのは、この二百万円をこっそり抜いてしまおうということだった。後ろ暗い金なのだから、なくなっても大河内は公にできないと思ったのだ。

しかし、珠代はすぐにその考えを捨てた。金を盗めば、もう大河内を告発することはできなくなる。その一方、山下に尋ねれば、誰が金を抜いたのか、大河内にはすぐにわかる。開発部長の立場を使えば、庶務課の女子社員の首を飛ばすことぐらい簡単だ。この年でハローワークに通って仕事を探すのも大変だし、今よりも条件のいい再就職先があるかどうかもわからない。そう考えれば、たった二百万円で今の慣れた仕事を捨てるのは割に合わない。

かといって、大河内を告発しても、珠代にとって何のメリットもない。社長の伊藤と大河内は最近うまくいっていないようなので、大河内を辞めさせるための口実ができて伊藤は大喜びするだろうが、それだけだ。

そもそも珠代は大河内も嫌いだが、社長の伊藤はもっと嫌いだった。

珠代は、十年以上前、まだ従業員が三十人しかいないこの会社に入った。その後、会社は急成長を遂げ、開発部門にいた社員は軒並み役職がついて給料も大幅に上がった。しかし、事務員だった珠代は担当者のままだ。給料もさほど上がっていない。しかも、庶務課の女子社員だけは、今でも事務服の着用を義務づけられている。社長の伊藤にとって、珠代たち事務員は個性のないただの消耗品にすぎないのだろう。

昨年、珠代の上司だった庶務課長が退職した。経験や年齢からいっても、会社に対する貢献度からいっても、当然、後釜には自分が昇進すると思っていたのだが、伊藤が選んだのは、珠代ではなかった。珠代と同い年の銀行出身者が中途採用され、庶務課長として上司となったとき、伊藤とこの会社に対する愛着はまったくなくなった。

大河内の好きにさせるのもいやだが、かといって伊藤を喜ばせるのもいやだ。博多通りもんの箱に入った二百万を目の前にして、もやもやした気持ちを抱えていた珠代の心に、悪魔がささやいた。

今回はだめでも、次に大河内が受け取る金をうまく横取りできないか……。

大河内はＩＴＯ社の社員を情報と金の受け渡しに利用している。その社員と協力すれば金を横取りするのは簡単だ。そして、大河内が金を取られたことに気づいたとしても、それを警察に通報することはできない。そんなことをすれば、自分が情報を売っていたことを白状するようなものだからだ。

ただ、開発部長である大河内に渡るはずの金を横取りするのだから、社員の方は、もうこの会社にはいられない。それを考えれば、今の珠代がそうであるように、二百万の金と引き換えに仕事を捨てる社員はいないだろう。

だが、それは、現在勤めている社員の場合だ。大河内は、会社の内情をよく知らない新人にお使いをさせているようだ。それなら、金を横取りした後で会社を辞めることを前提に入社してくれる誰かがいればいい。

うってつけの人物を知っていた。それは、珠代が、今付き合っている男だ。年は三十六歳で独身。マッチングアプリで知り合ったのだが、初めて会ったとき、うだつが上がらない男というのは、こういう男のことをいうのかと納得したのを今でも覚えている。もとは神奈川県庁に勤めていたらしいが、仕事に耐えられずに退職。その後は、コンビニエンスストアでアルバイトをしながら生計を立てている。

今では男女の関係になっているが、食事代もホテル代もすべて珠代もちだ。あの男なら自分の言うことには逆らえないはずだ。どうせ定職についていないのだから、数か月間だけＩＴＯ社で働いて、大河内からボーナス？　をもらって退職するのも悪くないのではないか。

そこまで考えた珠代は、二百万円が入った箱を包装紙の中に戻すと、開いた口を元どおりに折り込んで、スティック糊でしっかり封をした。そして、オフィスに戻り、紙袋に入れた博多通りもんの箱を大河内のデスクの上にそっと置いた。

その日、家に帰った珠代は、さっそく戸郷勇樹を呼び出して話を持ち掛けた。

最初は渋っていた戸郷だったが。最後はしぶしぶといった風で承諾した。承知するのは当たり前だ。こんなにうまい話はそうざらにはないし、なにより、世話になっている自分の言葉に逆らえるわけがない。

ＩＴ系の会社はいつでも人手不足だ。それは成長企業であるＩＴＯ社も例外ではない。常に求人を出しているが、なかなか応募者はいない。やはり、最後は給料がものをいうので、大手にはどうしても太刀打ちできないのだ。だから、経験者が安い給料でも働きたいと言えば、確実に雇ってくれる。

会社に提出する戸郷の経歴書は珠代が下書きをしたのだが、公務員時代に情報政策課に勤務した経験があって、プログラミングも少しできると書いておいた。ついでに、珠代との関係を疑われないように、適当に家族をこしらえた。どうせ長く勤めるつもりはないのだ。辞めた後で嘘がばれても問題はない。まったくのでたらめだったが、思ったとおり、すぐに採用された。

新規雇用に関する各種手続きは珠代の担当だ。上司をごまかすのはさほど難しいことではなかった。

あとは、とんとん拍子にことが進んだ。あまりにも思いどおりだったので、珠代の方が面食らったくらいだ。

ところが、順調なのは昨日までだった。今日、いよいよ金の受け渡しというときになって、不測の事態が次々に発生した。

ついていない人間というのは、とことんついていないのだ。今日の戸郷がまさにそれだ。そんな中でも、予想を大きく上回る金を手に入れることができたのは、よくやったと言うべきか。

「それにしても、なんでGPS発信機を手放したのよ。おかげで、ずいぶん心配したじゃない」珠代は戸郷を責めた。

「だって、相手はやくざだよ。あんなのに襲われたら困るでしょ。だから、こっそりGPS発信機をあいつのポケットに入れて、どこにいるのかスマホで監視してたの。いいでしょ、だって、怖いんだから」

そうだった。そういえば戸郷は根っからの小心者だったのだ。

本来、あのGPS発信機は、金を手に入れた後、郵便で珠代に金を送る際、封筒に一緒に入れるはずだったものだ。宅配便で送ると跡が残るので、金は普通郵便で送るしかないが、それだと金が今どこにあるかわからないから念のためにと言って、GPS発信機を戸郷に持たせたのだが、本当の狙いは別のところにあった。

珠代は、戸郷の行動を監視したかったのだ。戸郷に発信機を持たせておけば、珠代のスマートフォンから、戸郷が今どこにいるのか常に把握することができる。戸郷を信じていないのではなく、気の小さな戸郷が途中で怖くなって警察に駆け込んだりしないよう監視する必要があったのだ。

もちろん、スマートフォンの位置情報を共有してもよかったのだが、それだと自分が今どこにいるのかも戸郷に教えることになる。それはいやだった。だから、わざわざ、高いGPS発信機を準備したというのに、あのバカは、大切な発信機をやくざのポケットに入れやがったのだ。

おかげで、戸郷の動きが不自然すぎて、珠代はずいぶん戸惑った。何度も電話したが、戸郷は電話にも出なかった。ようやく、向こうから電話がかかってきたかと思ったら、今度はわけのわからないことを言い始めた。

「どうしよう、珠代ちゃん。公安調査官の高野っていう人が、やくざの乗った車に突撃したみたいなんだ。警察に通報した方がいいかな?」

事情を聞いてあきれ返った。バカとしか言いようがない。警察にそんなことを直接伝えたら、こっちまでマークされてしまう。しかたがないので、富樫とかいう部下を通じて警察に情報を伝えるようアドバイスした。すると戸郷は、

「さすが珠代ちゃんだね。ありがとう！」と大喜びしていたが、こちらから質問しようとすると、もう電話は切れていた。

それから、また連絡が取れなくなり、さっきかかってきたこの電話で、珠代はようやく今日あった出来事の全貌を知ることができたのだ。

それにしても、最後は危なかった。人の金を盗もうとしている戸郷が、こともあろうに神奈川県警の刑事を騙るなど、笑い話にもならない。

まあ、とりあえず、結果的にはうまくいったようなので、よしとしよう。戸郷の話によると、トランクの中には一億円近い金が入っているらしい。これは嬉しい誤算だ。

「それで、金なんだけどさ」戸郷が電話の向こうで言った。「さすがに郵便で送るわけにはいかないからさ、例のアロンをまねして、博多駅のＩＣコインロッカーに入れようと思うんだ。後で、ロッカーの場所がわかる写真とＱＲコードをメールで送るから、それで回収してよ」

「わかった。まかせといて」

「でも珠代ちゃん、本当に大丈夫かな？　僕、つかまったりしないよね」戸郷がおどおどした声で聞いた。

「大丈夫だって」珠代は明るい声をつくった。「そのアロンって人は絶対に金をとられたなんて言わないから。だって、そうしないと自分が日本の技術を盗もうとしてたことを認めることになるでしょ。被害者がいないんだから、その金を持ち逃げしても、犯罪にはなりようがないし、捜査自体もできないはずよ。まあ、今回は思ったより大きな額だったから、一か月くらいどこかでおとなしくしててね。そのトランクの中から、百万円なら使っていいから。もう大丈夫だと確認できたら連絡する。こっちに戻ってきたら、私と二人でどこか旅行にでも行きましょうね」

「うん。でも、珠代ちゃん、ちゃんと金は預かってくれるよね。信じていいんだよね」

「何言ってるの。騙すわけないでしょ、あたしも共犯なんだから。それに、あたし、ずっとこの会社に勤めてて、こっちに知り合いもたくさんいるのよ。あなたと違って、会社を辞めて逃げるなんて、できるわけないじゃない」

それは、半分は本当だが、半分は嘘だ。そもそも当初の計画はこうだった。

金を受け取った後、戸郷には、二週間ほど九州の民宿にでも潜んでもらう。その費用として珠代のポケットマネーから事前に十万円を渡してある。戸郷の辞職届は明日にも郵便で会社に送られてくる手はずになっている。過去には、採用されて三日で会社に来なくなり、そのまま退職した社員もいた。仕事のできない戸郷なら、出張先でへまをやり、会社に来なくなって退職しても不思議はない。誰も追及しないだろう。あとは、ほとぼりが冷めたころ、今回手に入れた金で、戸郷と豪華な旅行にでも行くことにしていた。

しかし、事情が変わった。せいぜい二百万だと思っていた金が、一億円もあるとすれば話は別だ。それだけあれば、新しい生活をはじめることができる。この会社に執着する必要はない。こうなったら、早いところ会社を辞めてどこか遠くに引っ越そう。そうだ、戸郷に見つからないところに行こう。珠代がそんなことを考えていると、戸郷がほっとしたような声で言った。

「そうだよね。珠代ちゃんは、どこにも行かないよね。じゃあ、僕は、これから九州を満喫してくるよ。連絡待ってるからね。それから、今度そっちに戻るときは、中州のママにあげたものより、数倍すごいプレゼントを買ってくるから、期待しててね」

「うん、ありがとう。期待しとくね。大丈夫だってわかったらすぐに連絡するから、それまで、おとなしくしててね」

「わかった。じゃあ、僕、もう行くね。珠代ちゃん、愛してるよ」

電話の向こうで、戸郷が鼻にかかったような声をだした。

「あたしも愛してる」

負けずに甘い声で返して、珠代は電話を切った。

思わず笑みがこぼれる。さあ、今日は会社を早退して福岡に向かおう。そして、金を受け取ったら、辞職届を書こう。引っ越し先はどこがいいだろう。北海道か、いや、軽井沢なんかもいいかも。その前に、一人でゆっくり温泉巡りをするのも悪くない。

昼下がりのベンチで楽しい空想を膨らませながら、珠代は、戸郷と会話したばかりのスマートフォンに向かってつぶやいた。

「ごめんね。戸郷君」

終章　最後に笑うのは

1

心地よいお湯からゆらゆらと湯煙が立ち上った。五月の日差しに水面がきらきらと輝く。

岩づくりの露天風呂は、優に十人は入れる広さだ。しかし、平日の昼前という時間帯のせいか、今、入浴客は一人しかいない。

顔を上げれば、芽吹いたばかりの木々が露天風呂を取り囲むように立ち並び、さらにその向こうには、豊かな緑に彩られた山並みが見える。

聞こえるのは、名も知らぬ小鳥のさえずりと、時折吹き渡る風が揺らす木々のざわめきだけだ。

「あー」つい声が出た。

戸郷は、頭にタオルを乗せたまま、両手、両足を思い切り広げた。一仕事済ませた後の温泉は、何ともいえない心地よさだ。戸郷は、両手で湯をすくうと、硫黄の香りのする湯気を大きく吸い込んだ。

ここは、大分県の山の中にある一軒宿だ。由布院や別府と異なり、ほとんど人に知られていないが、お湯は最高だ。昨日、インターネットの予約サイトで見つけたのだが、どうやら大正解だったようだ。

もっとも、この宿に来るまでの道のりは大変だった。博多駅から特急と在来線を乗り継いで三時間。それからさらに、山間を走る路線バスに乗り換えて三十分。ようやく宿に着いたときには、もうあたりは薄暗くなっていた。

山菜づくしの夕食を済ませると、風呂にも入らず部屋ですぐに横になった。やはり疲れていたのだろう、いつのまにか眠ってしまったようだ。目覚めたら、もう翌朝の八時になっていた。

宿の女将に、もう一泊すると伝えて、ゆっくり朝食をとった。部屋でのんびりと過ごしながら、他の泊り客がすべてチェックアウトするのを待って、露天風呂にやってきたのだ。

戸郷は、湯ぶねの周りを囲んだ岩の一つに頭を乗せて、雲一つない青空を見上げた。まぶしい日差しに目を細める。

「ごめんね。珠代ちゃん」戸郷はつぶやいた。

戸郷は詐欺師だ。もちろん公務員だったという経歴もすべて嘘だ。

最初は、マッチングアプリで知り合った安藤珠代から、時間をかけて少しずつ金を引き出すつもりだった。だから、珠代から今回の話を持ちかけられたときも、正直なところ乗り気ではなかった。たった二百万円のために警察に捕まるようなリスクをおかしたくなかったのだ。それよりは、時間がかかっても小金持ちの珠代から一千万円なり二千万円なりを引き出す方が、よほど安全で確実だ。珠代との関係を切りたくなかったので計画に協力はしたものの、大河内に渡るはずの金を騙し取ることにさほど魅力は感じていなかった。

だから、昨日の朝も戸郷はスイッチオフの状態だった。黒岩を名乗る絵梨からの電話を受けても、公安調査官の高野が現れても、やくざに脅されても、自分の身の安全と警察に捕まらないことだけを考えて行動してきた。奈々子に助けを求めたのも、知恵を借りたいというより、とりあえず奈々子と一緒にいることで、二人組のやくざが寄って来るのを防ぎたかったからだ。

しかし、奈々子の何気ない一言でスイッチが入った。

――きっと戸郷さんの偽物は大金を手に入れたと思いますよ。

あれは魔法の言葉だった。大金が絡んでいるとなれば、話は別だ。それからは戸郷の独擅場だった。おかげで、思いもかけず一億円を手に入れることができた。こうなると、この仕事に誘ってくれた珠代には感謝してもしきれない。

そのお礼といってはなんだが、珠代にも、約束どおりプレゼントを買ってあげた。珠代が博多駅のロッカーを開けると、中には、大きな桐箱にはいった博多通りもんが入っている。絵梨に渡したブーケよりも高い。これで珠代も満足だろう。

今朝、スマートフォンで調べてみたが、例の経済安全保障に関する重大事件は一行も報道されていなかった。これは、いい兆候だ。おそらくアロンが事件の存在自体を否定しているのだろう。いくら大河内が証言しても、K国が絡んでいるので、警察も軽々にアロンを犯人扱いすることはできない。アロンが金をとられたことを認めなければ、被害者がいないので警察も捜査のしようがないはずだ。これで、奈々子と絵梨が口をつぐんでくれればさらにいいのだが、さすがに、そこまで望むのは欲張りすぎか。

戸郷は、一度湯から上がると、今度は、湯ぶねの周りに並んだ岩の一つに座って、両足だけを湯に入れた。時折吹き抜ける風が火照った体に心地よい。

それにしても……。人間とは不思議な生き物だ。自分の方が相手より優れていると思うと、とたんに警戒心が薄まるのはなぜか。まぬけな中年男。腕っぷしも強くないし、見た目もパッとしない。しかし、それこそが、戸郷の武器なのだ。

戸郷の人生訓は、「困ったときは誰かに頼る」だ。

そして、誰かに頼るためには、自分が相手より劣っていると思わせる必要がある。誰だって、弱いものから頼られれば、見捨てることはできないからだ。

自分で答えを持っていても、何も分からないふりをして、あえて尋ねてみる。いい答えが返ってくれば、それに従えばいいし、自分と同じ答えだったとしても、別に損はない。何より、答えを教えた方は、自分が言い出したことなので、戸郷に協力するしかなくなる。

かくして、一人ではできないことも、周りの協力を得れば、なし遂げることができる。まさに、「みんなは一人のために」だ。もちろん、戸郷の辞書に、「一人はみんなのために」の方はない。

そして、「戸郷の人生訓は、実はもう一つある。それは「誰かを騙そうとしている時が、最も騙しやすい」というものだ。

誰かを騙そうとしているとき、人は脇が甘くなる。相手を騙すことに夢中になるあまり、自分が騙されていることに気づきもしない。

今回だって、戸郷を騙して利用しようとした全員が戸郷に騙された。安藤、大河内、高野、絵梨、あのやくざだってそうだ。

そのとき、戸郷の頭の中に一人の女性の顔が浮かんだ。

ただ、奈々ちゃんだけは違った……。

戸郷があれだけ騙して利用したにもかかわらず——だ。戸郷のために、本当に一生懸命頑張ってくれた。

戸郷は下心なしにそんな奈々子のことが好きだった。奈々子がアロンを一人で追いかけていったとき、高野に警察を呼ぶよう連絡したのは、もちろん警察の目をアロンに向けておいて逃亡を容易にしようと思ったこともあるが、一番の理由は奈々子のことが心配だったからだ。

奈々子がいなかったら、間違いなくこの金は手に入らなかった。彼女にだけは、何かお礼をしなければならない。そうだ。後で金を送ろう。百万円、いや奮発して二百万円にしておこう。

戸郷は一つうなずいた。

もう一度首まで湯につかり十分体を温めてから、風呂から上がった。脱衣所で、噴き出した汗をぬぐうと、手早く宿の浴衣を身につける。

脱衣所の真ん中に置いてある扇風機の風を正面から受けながら、戸郷は宿のマークの入った信玄袋の口を開けた。

まず、スマートフォンを取り出した。着信はない。それも当たり前で、昨日まで使っていたスマートフォンは、博多駅のゴミ箱に捨ててきた。この新しいスマートフォンの番号を知っているのは、この宿の女将ぐらいだ。電話がかかってくるはずがない。

ちなみに、昨日捨てたスマートフォンは、すでに帰国した外国人留学生が使っていたものだ。連絡先には一人も登録していないし、通話履歴はぜんぶ消しておいた。だから、仮に誰かの手にわたったとしても、通信事業者に問い合わせをしない限り戸郷が使っていたスマートフォンだとはわからない。

戸郷は、新しいスマートフォンを信玄袋に戻すと、今度は大河内から渡されたＵＳＢ

メモリを取り出した。

このUSBメモリを誰にも渡さなかったのは、やはり詐欺師の性《さが》というものだろう。少額とはいえ、二百万円の価値がある情報を、ただで誰かに渡すことなどできなかったのだ。

しかし、どうやら、このUSBメモリに入っている情報には、思った以上の価値があるらしい。アロンが準備していた金額から考えて、これを売れば、さらに一億円を手に入れることができそうだ。

しかし……。戸郷の頭の中に、経済安全保障の重要性を説く高野の真剣な顔が浮かんだ。頬を紅潮させて訳のわからないことを力説する高野は、掛け値なしに美しかった。誰かのために一生懸命になれる。それは、詐欺師には一生縁のない「誠実さ」の表れだ。

戸郷は少し迷った後で、そのUSBメモリを、ぱきっと二つに折ると、脱衣所の隅にあったゴミ箱の中に投げ込んだ。

やはり日本の先端技術を他国に売るなんてできない。エネルギーを制する者は世界を制する。日本の技術が世界のエネルギー危機を救うのだ。詳しいことはわからないが、きっとそれが経済安全保障というやつなのだろう。

ふふん。何事も真剣に取り組むことは大切だ。他人を利用しようとしたとはいえ、高野の思いは戸郷の心にも届いていた。だから、やくざの乗った車に突撃したと知って。わざわざGPS発信機の位置情報を調べて部下の富樫に教えてやったのだ。そう、ひたむきな思いは詐欺師の心も動かすことができる。ふむ、これはいい言葉だ。どこかで使おう。

戸郷は、風呂場を出ると、タオルを首にかけて旅館の長い廊下を歩いた。部屋に向かう途中にフロントがある。カウンターの向こうで年配の女将がこちらに微笑みかけた。その笑顔がなぜだか意味ありげだったので、戸郷は尋ねた。

「女将、どうかしたの？」

「お連れ様が、いらしてますよ」

「連れ？」

「ええ。本当は、チェックインは午後三時からなんですけど、お客様のお友だちだとおっしゃるので特別にお部屋を準備しました」

「僕の名前を知ってたの？」戸郷は眉を寄せた。

この宿には別の名前で泊っているし、ここにいることを誰かに話した覚えもない。

「いいえ。お連れ様が言われるには、お客様は事情があって名前を隠して泊まっているはずだと。でも、お客様のお顔も持ち物もよくご存じでしたし、とても礼儀正しくてかわいい方でしたから、追い返したらお客様に叱られると思って、とりあえず隣の部屋にご案内したんですけど、いけませんでしたか？」

厳しい顔の戸郷を見て、女将が、最後の方は心配そうに言った。

「いや、大丈夫。今の話を聞いて、誰だかわかった気がする。隣っていうと、一〇四号室だね」

戸郷は、女将の返事も待たずに駆けだした。

女将の話を聞く限り、思い浮かぶのは一人しかいない。でも、どうしてここがわかった？

戸郷は、女将がその客を案内したという一〇四号室の前に立った。一つ深呼吸をすると、ノックもせず、いきなりドアノブを回した。鍵はかかっていなかったようで、ドアは簡単に開いた。上り口にスリッパを脱ぎ捨て、何も言わずに部屋に上がり込む。

その部屋は、戸郷の部屋と同じようなつくりの十畳の和室だった。奥に板張りの縁がついており、小さなテーブルと背もたれのついた椅子が一脚置いてある。その椅子に座って、大きな窓ごしに、緑に彩られた山々を眺めているのは……。

「奈々ちゃん！」

戸郷の呼びかけに、奈々子は、ゆっくりと振り向いた。今日は、やわらかそうな生地の桜色のワンピース姿だ。首にかけた金のチョーカーが窓から差し込む太陽の光に輝いた。

肩まで垂らした黒髪に整った顔立ちは昨日と同じだが、今日は、そのリスのような黒い瞳が一層輝いているように見えた。

「こんにちは、戸郷さん」奈々子がちょこんと頭を下げた。

「こんにちは、じゃないよ。どうしてここに？」

「戸郷さんこそ、どうしてここにいるんですか？」

逆に聞かれて答えに詰まった。戸郷の困った顔を見た奈々子は微笑んだ。

「じゃあ、あたしの方が先に質問に答えてあげますね。戸郷さんの居場所がわかったのは、GPS発信機のお陰です」

「GPS発信機？」

つい、語尾が上がった。

「戸郷さん、あのスーツケースをここまで運んできたでしょう?」

確かに、戸郷はK大学研都市駅からここまで、現金の入ったスーツケースを運んできた。その中に、GPS発信機が入っていたということなのか。

「スーツケースにGPS発信機を仕掛けたの? いつ?」

「ほら、K大学研都市駅の高架下にある居酒屋の前で、スーツケースのふたを開けたときです。戸郷さんとママが話をしているすきに、札束の間にGPS発信機を隠して、バッグの隅に押し込んでおきました」

戸郷の頭のなかに、そのときの光景がよみがえった。あのとき札束をおもちゃにして遊んでいた奈々子をたしなめた記憶がある。その後、絵梨から金を無心されたので、そっちに気を取られて、確かに奈々子の方を見てはいなかったが……。思い返してみると、最後に絵梨は手に持った札束をポンとバッグに放ったのに、奈々子は、札束を用心深くバッグの隅に押し込んでいた。あれは、札の間にはさんだ発信機が落ちないようにするためだったのか。それにしても……。

「どうして、GPS発信機なんか持ってたのさ?」

「猫の散歩コースを調べるために部費で購入しました。せっかくだから、別の事件にも使えるようにと、ちゃんとしたやつを買ったんです。少し大きかったので猫の首輪に取り付けるのは大変でしたけどね。事件のあとは副部長として私が管理していたんです」

そういえば、絵梨の店で、寿司屋で豪華なランチをごちそうになった猫の話を聞いた。猫の散歩コースを調べたと言っていたが、あれはGPS発信機を使ったのか。それでも疑問は残る。

「でも、なんで昨日、それを持ってたの?」

すると、奈々子は恥ずかしそうに、えへへと笑った。

「実をいうと、いつも持ち歩いてるんです。ほら、何かあったときに使えるかもしれないじゃないですか。逃走する犯人の車に仕掛けたり、誘拐犯に渡す身代金に紛れ込ませたり。でも、今回、初めて使えてよかったです。やはり準備と努力は裏切りませんね。中学校の先生の言ってたことは正しかったです」

そうだった。奈々子は、いつだってどきどきするようなことに巻き込まれるのを待ち望んでいる「どきどき症候群」だったのだ。ついでに、中学のとき、いい先生にめぐり合えたようで、よかった。

「戸郷さんが、あのスーツケースをそのまま使っているかどうか、正直、ちょっとだけ不安でした。でも、一億円ものお金です。新しいスーツケースを買って詰め替えるのも手間がかかるし、戸郷さんは一刻も早く福岡を離れたいと思っているはずだから、きっとあのスーツケースにお金を入れたまま運ぶだろうと思っていたんです。よかったです。戸郷さんが手間を惜しんでくれて」

奈々子が屈託《くったく》のない笑顔を見せた。

うーん、自分は準備と努力が足りなかったのだろうか。でも、中学校の時、そんなことを教えてくれる先生はいなかったし……。

「いつから僕のこと疑ってたの？」

戸郷が聞くと、奈々子は少し首をかしげた。

「本当に疑い始めたのは、地下鉄に乗ってK大学研都市駅に移動しているときです。あのとき、戸郷さん、なんの根拠もないのに、なぜだかアロンとの交渉に自信満々でしたから……。

どうしてだろうと考えているうちに、思いついたんです。ひょっとしたら、戸郷さんの目的はアロンと交渉することじゃなくて、お金なのかもしれないって。それで、念のため保険をかけておくことにしたんです。地下鉄の車内でバッグからＧＰＳ発信機を取り出して、シャツの胸ポケットに移しておきました。あとは、お金を見つけたとき、胸を押さえるふりをしてポケットから発信機を取り出し、お金で遊びながらスーツケースに入れるチャンスをうかがっていたんです」

奈々子のよどみのない説明に、戸郷は天を仰いだ。

「奈々ちゃんには負けたよ。さすが、探偵倶楽部の副部長だね」

戸郷は、畳の上にどすんと胡坐をかいて座った。こうなったら、じたばたしてもしかたがない。

「僕のこと、警察には言ったの？」

「いいえ」奈々子が首を振った。「昨日、警察署で聞かれたのは、アロンに突き飛ばされそうになったときのことだけです。警察も忙しいみたいで、戸郷さんのことは聞かれていません。でも、安心してください。もし聞かれても、本当のことをそのまま警察に話すつもりはありませんから」

「え？　どうしてなの？」

「私には、戸郷さんを告発する義務はありません。それに。ママにも頼まれているので」

「ママに?」

戸郷は首をかしげた。

アロンに突き飛ばされて駅前に倒れていたとき、絵梨は、奈々子を追いかけて駅構内に走っていった。横を通り過ぎるとき、冷たい視線を向けられたのを覚えている。絵梨にはお金も渡さなかったし、助けてもらう理由が思いつかない。

「戸郷さんはラウンジのお客さんで、ももち浜の海岸で偶然会った。その後、戸郷さんに頼まれて、ママと一緒にK大学研都市駅まで案内した。警察に聞かれたら、それだけを話すつもりです」

そう言った後で、奈々子は困ったような笑みを浮かべた。

なるほど、そういうことか……。戸郷は絵梨の意図がわかった気がした。

考えてみれば、絵梨が戸郷になりすましてアロンから一億円の隠し場所の鍵となるお土産を騙し取った行為は、立派な犯罪だ。しかし、絵梨が犯人だと知っているのは、アロンを除けば、戸郷と奈々子しかいない。アロンは事件の存在そのものを否定するだろうし、戸郷が警察に告発するはずはないから、奈々子さえ口をつぐめば、すべてなかったことにできる。

「そういえば、ママから戸郷さんに伝言がありますⅠ」奈々子が突然言った。

「何？」

「お花以外にも誕生日のプレゼントが欲しいので、電話をくださいということです。戸郷さんのスマホにかけても通じないからって」

どうやら絵梨には別の思惑もあるようだ。

「さっき僕に話したこと、ママにも話した？」

「はい」

「ママから僕のことを警察に言わないように頼まれたのは、当然、その後だよね？」

奈々子がうなずいた。

そういうことか……。絵梨は、自分のやったことをうやむやにするだけでなく、詐欺師の上前もはねるつもりだ。数百万は援助してやらなければならないだろうが、後々のことを考えればしかたがない。

「わかった。後で電話しとくよ」

戸郷は一つため息をつくと、気を取り直して奈々子に聞いてみた。

「奈々ちゃん、今回の事件で、少しはどきどきできたんじゃない？」

するとと奈々子の顔がぱっと明るくなった。

「はい。今まで生きてきて、一番どきどきしたかもしれません」

「それはよかったね。僕も協力できてうれしいよ」

「ありがとうございます」奈々子がにっこりと笑って、ぺこりと頭を下げる。柔らかな黒髪が首元で踊った。

にこやかな笑顔のままで、奈々子は続けた。

「そういうことなので、今回は六・四でいいです」

突然の奈々子の申し出に戸郷は首をかしげた。

「なに？　お湯割り？」

「いいえ、お金の分配方法です。もちろん、わたしが六で、戸郷さんが四ですよ」

「えーーー！」戸郷は思わずひっくり返りそうになった。

「そんなに驚かないでください。だって、私が警察に証言すれば、戸郷さんは一億円を手に入れるどころか、逮捕されるかもしれないんですよ。本来なら、九・一でもいいところを、四千万円も渡すんですから、感謝してもらいたいくらいです。もちろん、ママの取り分は、戸郷さんの四千万円の中から払ってやってくださいね。それから、私がここにいることは、エックスにも投稿してますし、宿のおかみさんも知ってますから、変なことを考えても無駄ですよ」

奈々子はできの悪い生徒に数学を教える家庭教師のような口調で言った。

「奈々ちゃん、ひょっとして、僕に協力してくれたのは金が目当てだったの？」

「いいえ。最初は、純粋に戸郷さんの力になりたいと思っていました」

「じゃあ、いつから、そんなことを考えてたの？」

「地下鉄の中で、戸郷さんの狙いがお金かもしれないと気づいてからです。そのとき、もしもそうだとしたら、戸郷さんからお金を横取りできないかな、と思ったんです」

ここで奈々子は胸の前で手を組んで続けた。

「そのことを考えだしたら、もうどきどきが止まらなくなって」

やはり、奈々子は重度のどきどき症候群だ。

「警察に捕まるとか思わなかった？」

「そうならないように、実行犯の役は戸郷さんにお願いして、うまくいったら、盗んだお金を分けてもらおうと思いました」

うまくいったら分けてもらうって……。まさか、そこまで計算していたということなのか。

「ひょっとして、Ｋ大学研都市駅でアロンを追いかけていったのは、僕を一人にするためだったの？」

「はい」と奈々子はうなずいた。「だって、私がそばにいたら、戸郷さん、トランクを持ち逃げできないじゃないですか。もちろん、少しはアロンを捕まえなきゃっていう気持ちもありましたよ」

奈々子の答えに、戸郷はあんぐりと口を開けた。

完全にやられた……。まさか、奈々子がこんなことを企んでいようとは、夢にも思わなかった。

「まいったなー。僕が刑事じゃないって見抜いてたんだ」

「正直なところ、そこは半信半疑でした。戸郷さんから刑事だって聞かされたとき、最初は、そうだったのかって納得していたんですけど、戸郷さんがトランクを引きながらアロンの方に歩いていくのを見て、これは違うかもしれないって思いました。だって、外国の工作員を逮捕するのに、わざわざ邪魔なトランクを持っていくなんて、普通ならありえませんから」

「観察力が鋭いんだね」戸郷は自嘲気味に言った。

「もし戸郷さんが刑事だったら、お金はきっぱりあきらめるつもりでした。だから、高野さんの話で、戸郷さんがスーツケースを持って消えたとわかったときは、思わず心の中でガッツポーズをしたくらいです。最高にどきどきした瞬間でした」

そう言うと、奈々子は顔を上気させて戸郷を見つめた。

「奈々ちゃんには負けたよ」戸郷は両手を上げた。「一番どきどきしたって、そういうことか」

それにしても、戸郷の動きを読み切った仕掛け、戸郷がぎりぎり納得しそうな金の分配方法、一人で戸郷に会いに来る大胆さ、大学生にしておくには惜しい逸材だ。

「奈々ちゃん、大学生なんでしょう？　よくもまあ、こんなことができたよね」

「卒業したら奨学金も返さなきゃいけないし、学生のうちに留学もしたいし、大学生だって、お金はいくらあっても困りません。ですから、今の戸郷さんの言葉は、最高の褒め言葉として受け取っておきます」

陰りのない顔で笑う奈々子を、戸郷はまぶしいものでも見るような目で眺めていた。

本物の悪魔というのは、きっと、こんなふうに無邪気でかわいい姿をしているのだろうと思いながら。

2

くねくねとした山道を小さなバスが走る。

たった一人の乗客である春日奈々子は、一番後ろの席に座って、ぼんやりと外を眺めていた。

奈々子の視線の先には、若葉が萌える山々が広がる。五月のあたたかな日差しの中、鮮やかな緑と深い緑とが重なり合い、美しい水彩画のように見えた。

奈々子は、足下に視線を落とした。そこには、黒いキャリーバッグが置いてある。中に入っているのは、六千万円の札束だ。

奈々子はキャリーバッグの取っ手をいとおしそうになでると、再び顔を上げた。

窓に頭を持たせかける。道路沿いに立つ茂った木々の間からこぼれ落ちる陽光が、バスの進みに合わせて、ときおり奈々子の目を刺した。

「ごめんなさいね。戸郷さん」奈々子はつぶやいた。

奈々子は詐欺師だ。若く見えるが、年は二十五歳。K大に通っているのも、探偵倶楽部に所属しているのも本当だが、残念ながら大学生ではない。

K大には学部生と大学院生を合わせると二万人近くの学生が在籍している。学部や学科が違えば顔も名前も知らないのが当り前。本当のK大生かどうかなど、誰にもわかりはしない。それをいいことに、奈々子は、大学生のふりをして、講義室の後ろの方で適当に講義を聴き、キャンパスを闊歩している。もちろん、勉強をするためではない。カモを物色するためだ。

K大には多くの留学生が学んでいる。その中には、大金持ちの家の子も多い。そして、海外の大金持ちは、日本の大金持ちとはスケールが違う。奈々子のターゲットはそんな海外の大富豪の息子だ。

学生のふりをして、キャンパス内のカフェやベンチ、それに近くの居酒屋など、いろいろな場所で情報を集めて、ターゲットを探していたのだ。

エックスを始めたのも、カモを見つけるためだ。実をいえば、「春日奈々子」は本名ではなくアカウント名だ。写真だけ本物を投稿して、プロフィール欄には、K大に通う大学生だけど、学部も年次も全部秘密と書いてある。これでも、フォロワーは全員、奈々子のことをK大の学生だと信じているはずだ。なぜなら、キャンパスで姿を見かけることも多いだろうし、声をかけられたら適当に相手をしているからだ。そう、昨日ラウンジで戸郷と会話したときのように。そこは得意だった。だって詐欺師なのだから。

こうした努力の甲斐あって、奈々子は、中国の大富豪の息子が、探偵倶楽部に所属しているとの情報をつかんだ。

さっそく、奈々子も工学部の学生を装って入部した。この探偵倶楽部は、大学公認のサークルではなく、単なる同好会なので、特別な入部審査があるわけではない。工学部を名乗ったのは、たまたま他の部員に工学部の学生がいなかったからだ。

奈々子は、持ち前のテクニックを使って、その大富豪の息子とすぐに仲良くなった。こうなれば、こっちのものだ。実家が火事になったり、悪い人に騙されたり、弟が病気になったりして、これまでに二千万円以上は援助してもらっただろうか。

偽の大学生活と並行して、小遣い稼ぎのために、ラウンジでも働き始めた。

あのラウンジは、店は小さいが、結構お金持ちのおじさんたちが通っている。現役K大生を売りにして、奈々子がおじさんたちの人気者になるのに、さほど時間はかからなかった。あとは簡単だった。おじさんと二人きりになったときに、今月の家賃が払えないと言って涙を流すと、たちまち五十万円、百万円は集まるのだ。

もっとも、さすがに昨日の警察では、奈々子も本名を明かした。

事情を聞かれたので、「春日奈々子」はエックスのアカウント名で、フォロワーを増やすために現役K大生を名乗っていると説明したら、聴取を担当していた年配の警察官は首をかしげていた。しかたなく、「春日奈々子」は中州のラウンジでの源氏名で、おじさんたちの受けがいいように、現役K大生のふりをしていると言い直すと、ようやくわかってくれたようで、大笑いしていたっけ。

警察はこれで大丈夫だ。アロンを暴行罪で立件するのが難しいことは警察にも十分わかっているはずだ。もう自分に用はないだろう。それに、ここで話したことが、外に漏れる心配もない。大学生のふりをするだけなら犯罪にはならないし、プライバシーの問題があるので、警察が事情聴取の際に聞いた内容を誰かに話すことはできないからだ。

あとは戸郷だが、あのしたたかな男が、そう簡単にしっぽをつかまれるとは思えない。おそらく逃げ切ってくれるだろう。まあ、戸郷がどうなろうと、自分だけは絶対に捕まらない自信はあるが。

ただ、今回のことはいいきっかけになった。福岡に戻ったらすぐに引っ越しの準備をはじめよう。春日奈々子として暮らし始めて、もう一年が過ぎている。疑いを持たれる前にそろそろ姿を消そうと思っていた矢先に戸郷が現れたのだ。最後にこんなに大きな仕事に誘ってくれた？　戸郷には感謝してもしきれない。

それにしても……。奈々子は苦笑した。この変わった性分はどうしようもない。戸郷が言うように、確かに自分は「どきどき症候群」だ。いつだってどきどきしていたい。こんな仕事を始めたのも、もとはといえば、いつもどきどきしていたかったからだ。

だから、ももち浜の海岸で、最初に戸郷から話を聞いたときは、本当にどきどきして、仕事抜きで戸郷のことを助けてあげたいと思ったほどだ。

日本の経済安全保障にかかわる重大事件の謎を解き明かし、K国工作員の逮捕にも協力した。昨日は一日中、本当にどきどきする体験の連続だった。それは間違いない……のだが……。

ここまで考えて、奈々子は小さく首をかしげた。

でも、やっぱり、カモをひっかけているときの方がどきどきする。

奈々子の頭の中に、あんぐり口を開けている戸郷の顔が浮かんだ。思わず頬がゆるむ。

奈々子は、そんな戸郷に向かってつぶやいた。

「こんな気持ち、戸郷さんなら、わかってくれますよね」

（了）

参考文献

『半導体超進化論―世界を制する技術の未来―』黒田忠広　日経BP日本経済新聞出版

安芸 那須 あき・なす
福岡県在住。「二つの依頼」で第20回北区内田康夫ミステリー文学賞の大賞を受賞。本書で第11回エネルギーフォーラム小説賞を受賞。

戸郷勇樹と五人の災難

2025年3月31日第一刷発行

著者　安芸那須
発行者　志賀正利
発行所　株式会社エネルギーフォーラム
〒104-0061 東京都中央区銀座5-13-3 電話 03-5565-3500
印刷・製本　中央精版印刷株式会社
ブックデザイン　エネルギーフォーラム デザイン室

定価はカバーに表示してあります。落丁・乱丁の場合は送料小社負担でお取り替えいたします。

ISBN 978-4-88555-544-2